Dieses Buch gehört:

In der Reihe »Flüsterwald« sind bislang erschienen:

Flüsterwald – Staffel I

Band 1: Das Abenteuer beginnt

Band 2: Der verschollene Professor

Band 3: Durch das Portal der Zeit

Band 4: Der Schattenmeister erwacht

Flüsterwald – Staffel II: Eine neue Bedrohung

Band 1: Der verborgene Meisterschlüssel

Band 2: Die versteinerten Katzen

Band 3 erscheint im Herbst 2023!

FSC
www.fsc.org
MIX
Papier aus verantwortungsvollen Quellen
FSC® C014138

1. Auflage 2023

ISBN 978-3-7641-5230-7

Lektorat: Kathleen Neumann
Umschlag- und Innenillustrationen: Timo Grubing
Satz: Malte Ritter, Berlin

Druck und Bindung: Finidr, Tschechische Republik
Gedruckt auf Papier aus geprüfter nachhaltiger Forstwirtschaft.
www.ueberreuter.de

Andreas Suchanek

FLÜSTERWALD

Eine neue Bedrohung

Buch 2:

Die versteinerten Katzen

Mit Illustrationen
von Timo Grubing

ueberreuter

Lukas (Mensch)

* Leseratte und Abenteurer
* muss sich in einer neuen Stadt zurechtfinden
* seine Familie hat keine Ahnung vom Flüsterwald oder von Magie

Ella (Mensch)

* lässt sich von niemandem aufhalten
* liebt ihren Großvater über alles
* hat viel in der Theater-AG gelernt

Felicitas (Elfe)

* zaubert gerne (was nicht immer klappt wie geplant)
* fühlt sich im Internat einsam und unternimmt deshalb öfter (verbotenerweise) Streifzüge

Punchy (Katze)

* heißt mit vollem Namen: Pedora Ulinde Naftet von Chibalka
* Aufpasserin von Felicitas
* hat Nerven aus Stahl

Rani (Menok)

* Nachwuchsautor, forscht über Menschen
* spielt für sein Leben gerne und ist schokoladensüchtig

Inhalt

Prolog

Mit einem triumphierenden Lächeln betrachtete sie die Schöpfungsapparatur. Es hatte nur ein wenig Manipulation ihrerseits gebraucht, um sie zu etwas Dunklem, Gefährlichem zu verändern. Wie ein ausgetrockneter Schwamm sog die Apparatur nun die Magie der Flüsterwälder auf. Immer mehr und mehr, doch noch lange nicht genug. Die Zahnräder surrten – zwischen goldenen Säulen in einem prunkvollen Saal, umgeben von steinernen Statuen.

Noch konnte sie die Apparatur nicht fortschaffen, da war noch eine Sache, die erledigt werden musste. Aber die erwies sich als äußerst schwierig. Das vertraute Gefühl von Ungeduld keimte in ihr auf. »Das alles geht zu langsam.«

»Wir haben diese machtvolle Apparatur, die Magie tut

ihre Wirkung und die Verbindung der Blinzelbahn zu den fernen Wäldern ist abgeschaltet«, sagte Zottelfell. »Haben wir nicht ausreichend Zeit?«

Sie blickte durch den eitrigen Nebel, der sie wabernd umgab, auf die sich sammelnde Magie in der Apparatur. »Nach all den Jahren kehrt das Herz des Waldes im ungünstigsten Augenblick zurück. Es ahnt nicht einmal, warum es so gefährlich für mich ist.«

»Das sollte auch besser so bleiben.« Die Katze leckte sich die Tatzen.

Zottelfells Gelassenheit machte sie noch unruhiger, ja geradezu wütend. »Die Beschützer dieses einen Flüsterwaldes haben die Warnung hoffentlich verstanden. Wehe, sie kommen mir in die Quere. Falls sie versuchen, einen fernen Wald aufzusuchen, müssen wir bereit sein.«

»Die Späher haben nichts gemeldet«, versicherte Zottelfell. »Sie behalten den gesamten Katzenwald im Blick.«

»Das hoffe ich. Andernfalls werden demnächst ein paar mehr Statuen hier stehen«, stellte sie klar. »Es ist noch nicht ausreichend Magie abgezogen worden, vermutlich benötigen wir zwei oder drei Wochen. In dieser Zeit darf uns niemand stören.«

»Als ob sie das könnten.« Zottelfell maunzte triumphierend auf.

»Wir sollten sie nicht unterschätzen.« Der eitrige Nebel wallte bei ihren Worten auf. Dann verlor sich ihr Blick in der Ferne. »Ich warne euch, Beschützer des Waldes! Das hier ist ein Kampf, den ihr nicht gewinnen könnt.«

Sie blickte weiter auf die Schöpfungsapparatur, die von einem funkelnden Stern der Erschaffung zu einem Parasiten geworden war.

Alles verlief nach Plan.

Tante Stefanie

»Hallo, Lieblingsfamilie!«

Sie hatten sich alle an der Tür versammelt, nachdem es dort endlich geklingelt hatte. Der Wind wirbelte durch das Haar von Tante Stefanie, die einen eleganten Mantel und kniehohe Stiefel trug. Sie schien das schlechte Wetter in Winterstein vorausgesehen zu haben. Während im Rest von Deutschland noch recht angenehme Temperaturen herrschten, hatte der Winter das kleine Örtchen bereits fest im Griff.

»Schwesterherz, es ist so schön, dass du da bist«, trällerte Lukas' Mutter. »Und *nur* mit zwei Stunden Verspätung.«

»Es hat ein wenig gedauert, bis ich eure *Villa* gefunden hatte«, trällerte Tante Stefanie in gleicher Stimmlage zurück.

»Herrenhaus«, kam es als Klarstellung, die Tonlage hatte einen ersten Bruch. »Ein uriges.«

»Du hast ja so recht.« Lukas' Tante sah sich um. »So naturbelassen, quasi rustikal. Wo sind meine Lieblingsnichte und mein Lieblingsneffe?«

»Aber wir stehen doch hier.« Lisa machte einen Satz über die Türschwelle und warf sich gegen die Hüfte ihrer Tante.

Beinahe hätte das zu einer Bruchlandung geführt.

Lukas zupfte an seinem Kragen. Zur »Feier des Tages« hatte er einen Pullover mit einem Hemd darunter anziehen müssen. Dazu Chinos. Als stünde die Abschlussfeier in der Schule an oder so was. Und als wäre das nicht schlimm genug, war seine Mutter mit einem Kamm über ihn hergefallen!

Ein Kamm!

Probehalber zupfte er an seinen Haaren.

»Sie sind noch alle da«, kam es aus den Mundwinkeln gepresst von rechts. »Und jetzt hör auf, ständig daran herumzuzupfen!«

»Da fehlt ein gewisser Neffe«, rief Lukas' Tante, was er zum Anlass nahm, ebenfalls in den Wind zu treten.

Damit war das Ergebnis des Kamm-Angriffs sowieso wieder zunichtegemacht. Er umarmte seine Tante und freute sich wirklich, sie wiederzusehen. Ein Hauch von Großstadtflair machte sich breit.

Die weitere Begrüßung ging schnell vonstatten und schließlich holten Lukas' Pa und er einen gewaltigen Reisekoffer sowie mehrere Taschen aus dem SUV seiner Tante.

»Der schluckt bestimmt viel Benzin«, raunte sein Vater.

»Elektroauto«, rief Tante Stefanie von der Eingangstür. »Komplett umweltfreundlich. Seid ihr auch schon umgestiegen?«

»Lehrergehalt«, gab sein Pa nur zurück und Lukas bekam eine Ahnung davon, wie das Abendessen verlaufen würde.

Sie deponierten erst einmal alles im Flur, bevor es weiter in das Esszimmer ging. Der Tisch war bereits gedeckt, was Lukas total gerne erledigt hatte. Hauptsache, es gab endlich etwas zu essen. Es roch nach Bratensoße mit einem Schuss Rotwein darin, das Fleisch war geschmort, dazu gab es selbst gemachte Knödel. Anders gesagt: Seit gestern hielt seine Mutter die gesamte Familie auf Trab, verteilte Aufgaben und prüfte die Kleidung – mit dem Ergebnis, dass sogar der Staubsauger inzwischen seinen Geist aufgegeben hatte.

Das Herrenhaus roch nach Bergfrühling. Ob Professor von Thun, der frühere Besitzer, es überhaupt wiedererkannt hätte?

»Ich habe auch ein paar Geschenke von eurer Oma im

Gepäck«, sagte Tante Stefanie und zwinkerte zuerst Lisa, dann ihm zu. »Danke, nicht so viel Knödel.«

Ihr Teller war zur Hälfte gefüllt.

»Achtest du wieder auf deine Linie?«, fragte Lukas' Mutter.

»Immer. Du auch?«

»Wie war denn deine Fahrt sonst so?«, fragte Lukas.

Er hatte das untrügliche Gefühl, dass sie das Abendessen nicht bis zum Ende schafften, wenn er sich nicht ordentlich ins Zeug legte, um alle möglichen Gesprächsklippen zu umschiffen.

»Eigentlich ganz gut«, erwiderte seine Tante. »Aber ich verstehe wirklich nicht, warum mein Navi ausgefallen ist. Erst nachdem ich den Waldrand hinter mir gelassen habe, hat es wieder funktioniert.«

Lukas zuckte nur ratlos mit den Schultern.

In Wahrheit wusste er natürlich Bescheid. Seitdem er in Winterstein wohnte, hatte er schon einige spannende Abenteuer mit seinen Freunden Ella, Rani, Felicitas und Punchy im Flüsterwald erlebt. Dort lebten magische Wesen, die Menschen nur dann sehen konnten, wenn sie das blaue Flüsterpulver benutzten. Lediglich außerhalb des Waldes waren die magischen Wesen für Menschen auch ohne Flüsterpulver sichtbar. Deshalb verließen sie den Schutz des Waldes fast nie.

Die Warks – Beschützer der Geheimnisse des Flüsterwaldes – patrouillierten mittlerweile noch stärker in den Randgebieten des Waldes. Felicitas hatte Ella und Lukas davor gewarnt, diese Bereiche aufzusuchen. Die Warks hielten mit ihrer Magie Menschen davon ab, den Wald bei Nacht zu betreten. Einzig wenn man das Flüsterpulver benutzte, konnte man problemlos die Grenze passieren. Doch wehe, die Warks erkannten Lukas und Ella dann als Menschen. Das hätte äußerst gefährliche Folgen.

Da es bereits dunkel war, hatte Tante Stefanies Navi wohl ein wenig von der Magie zu spüren bekommen. Ein Glück, dass nicht gleich das Auto ausgefallen war.

»Stimmt's, Lukas?«, erklang die Stimme seiner Mom.

»Total.« Er nickte eifrig. Nur wozu?

»Das ist so lieb«, sagte Tante Stefanie. »Weißt du, in meinem Alter braucht man einfach ein Bett. Und ich verspreche dir, den Rest des Tages hast du dein Zimmer *meistens* für dich.«

»Meistens?«, echote Lukas.

»Was soll das heißen, in deinem Alter? Du bist meine Schwester und gerade mal Anfang vierzig.«

»Und das sieht man mir deshalb nicht an, weil ich einen hervorragenden Schlafrhythmus habe«, stellte sie klar.

Lukas seufzte innerlich, als er an die nächsten Wochen

dachte. Dabei störte es ihn gar nicht so sehr, dass er auf der Couch ihm Wohnzimmer schlafen musste. Das einzige Problem war, dass er dadurch keinen Zugriff mehr auf die geheime Tür zum Speicher hatte, die sich als Bücherregal getarnt in seinem Zimmer befand. Und auf dem Speicher waren die Portalstanduhr und all die magischen Utensilien versteckt, die sie für ihre Abenteuer benötigten.

Immerhin, für dieses Mal hatte er vorgesorgt.

Heute war bereits Freitag. In den letzten Tagen hatte das Herz des Waldes Ella täglich geprüft. Bei ihrem letzten Abenteuer, bei dem sie sich auf die Suche nach dem zweiten Meisterschlüssel begeben hatten, war Ella am Ende mithilfe eines magischen Rituals mit dem Schlüssel verschmolzen. Seitdem wohnte die Magie des Meisterschlüssels in ihr, doch es dauerte eine Weile, bis sich ihre Wirkung komplett verfestigt hatte.

Und nun war es so weit. Das Herz des Waldes hatte Ella für würdig befunden, die Magie des Meisterschlüssels endlich zu benutzen. Jetzt würde Ella gemeinsam mit Lukas, der über die Siegelmagie verfügte, die Verbindung der Blinzelbahn zu den fernen Flüsterwäldern öffnen können. Ab Samstag würden sie alle zusammen in einen anderen Flüsterwald reisen können. Lukas konnte es kaum erwarten.

»Ich bin ja morgen sowieso nicht hier«, erklärte er.

»Ach?« Tante Stefanie stoppte mitten in der Bewegung, die Gabel direkt vor ihrem geöffneten Mund. »Übernachtest du bei einem Freund?«

»Lukas hat sich mit einer tollen Idee hervorgetan«, sagte sein Pa stolz. »Ella und er haben das Projekt ›Lesenacht in der Schule‹ für den Deutschunterricht entwickelt. Am morgigen Samstag übernachten beide Klassen dort. Es werden Bücher gelesen, geplaudert … ein richtiges Abenteuer.«

»Es wird bestimmt total spannend.« Lukas nickte eifrig.

Gut, dass sein Pa den wahren Plan nicht kannte, den Ella und er ausgeknobelt hatten.

»Du gehst freiwillig in die Schule?« Tante Stefanie führte die Gabel jetzt doch zum Mund, kaute und schluckte.

»Natürlich tut er das.« Die Augen seiner Mutter blitzten. »Wieso sollte er auch nicht?«

»Ja, genau«, beeilte sich seine Tante zu versichern, »warum auch nicht? Jeder liebt die Schule.« Sie blinzelte. »Und wer ist diese Ella?«

»Eine Freundin«, erklärte er.

»Ah, ich verstehe.« Seine Tante lächelte.

Und bevor das Thema in eine andere Richtung abgleiten konnte, schoss Lukas einen Katalog an vorbereiteten Fragen ab, bis das Abendessen endlich überstanden war.

In den Koffern und Taschen seiner Tante befanden sich

tatsächlich Kleinigkeiten, die Oma Elisabeth für ihn und seine Schwester mitgegeben hatte. Bücher für Lukas, Stofftiere für Lisa.

Ohne größere Katastrophen brachten sie den Abend zu Ende und Lukas atmete auf. Natürlich war ihm klar, dass die wahre Herausforderung erst noch bevorstand, als er sich in eine Decke auf der Couch einwickelte. Der Flüsterwald wartete.

Nur eine Prise

»Da bist du ja!«, rief Ella. Sie lehnte sich an die Wand des Klassenzimmers und wartete darauf, dass Lukas endlich alles ausgepackt hatte. Anschließend musste er noch seine Luftmatratze aufblasen.

Bereits auf den ersten Blick war Lukas klar, dass sie darauf brannte, die Blinzelbahn zu den fernen Wäldern zu benutzen. Ella wirkte total hippelig.

»Mein Vater hat mir tausendmal eingetrichtert, mich auch ja zu benehmen«, sagte Lukas. »Es scheint ihn nervös zu machen, dass ausgerechnet die Konrektorin eine der Aufsichtspersonen ist.«

Ella trug eine Jogginghose, Turnschuhe und ein weites Sweatshirt.

Lukas war fast identisch gekleidet: Jogginghose, Sneaker und ein Hoodie. Der Samstag war wie im Flug vergangen und seine Aufregung gestiegen.

»Es hat alles geklappt?«, fragte Ella.

»Ich habe einen kleinen Magnet am Riegel auf der Innenseite meines Fensters angebracht.« Er zog einen länglichen Magnetstift aus der Tasche. »Damit kann ich den Riegel von außen hochschieben.«

Eigentlich hatte er schlicht den Riegel am Fenster in seinem Zimmer offen lassen wollen. Leider hatte ein Windstoß letzte Nacht dafür gesorgt, dass das Fenster aufging, und seine Tante hatte sich heute Morgen über die Zugluft beschwert. Das Risiko war also zu groß, dass sie jetzt besonders darauf achtete, dass das Fenster richtig verschlossen war.

»Dann hoffe ich mal, dass alle zügig in ihren Schlafsäcken liegen«, sagte Ella. »Ich kann's kaum erwarten, dass es endlich losgeht.«

Herr Rechbit schlurfte an ihnen vorbei, die Augen verquollen und heftig niesend. Auf ihre Blicke hin erklärte er: »Allergie. Dieser Schulgarten sollte auf allergene Pflanzen geprüft werden.«

»Nun lassen wir das Formular mal stecken, Herr Rechbit«, erklang die Stimme von Konrektorin Abeni streng.

»Sie sind gegen jedes Gras und jede Polle allergisch, da müssten wir den Schulgarten abschaffen. Da wir aber Winter haben, dürfte für ihre verquollene Nase nicht der Garten verantwortlich sein, Herr Kollege. Eher der Staub. Gründen Sie doch eine Putz-AG!«

»Wäre das eine Möglichkeit?« Herr Rechbit blinzelte hoffnungsvoll.

Frau Abeni schenkte ihm einen Blick, der ihre Antwort vorwegnahm. »Ihre Gruppe wartet bereits. Und Ella, du solltest rüber in deine Klasse gehen. Großartige Idee mit der Lesenacht übrigens!«

Da war Lukas sich bei dem strengen Blick von Konrektorin Abeni gar nicht mehr so sicher. Falls diese etwas von ihrem Vorhaben mitbekam … Er wollte sich die Konsequenzen lieber nicht ausmalen. Aber sie hatten ja vorgesorgt.

»Viel Glück. Zwanzig Uhr«, flüsterte Ella und zwinkerte.

Sie rannte zu dem Raum, in dem sie mit ihren Klassenkameradinnen und Klassenkameraden untergebracht war. In jeder Klasse führten ein Lehrer und eine Lehrerin Aufsicht, wobei die pädagogische Energie in dem einen Zimmer einem müden Funken ähnelte und in dem anderen eher die Wucht eines Waldbrands besaß. Konrektorin Abeni versprühte feurigen Einsatz, wollte Lesen mit Leidenschaft.

Herr Rechbit sehnte sich schlicht nach einer Nasenspülung und einem wirksamen Antiallergikum.

Gegen neunzehn Uhr lagen sie in ihren Schlafsäcken, eine Person aus der Klasse las abwechselnd vor und die anderen lauschten. Es war gemütlich und Lukas ärgerte es fast, dass er gleich gehen musste. Gerade las Armin aus einem Krimi-Buch. Eigentlich mochte Lukas lieber Fantasy, aber das hier hatte eine Gruppe Jugendlicher als Ermittler.

Um kurz vor zwanzig Uhr öffnete er heimlich eine Phiole, die er aus dem Speicherregal mit den magischen Tränken und Pulvern mitgenommen hatte, und trank deren Inhalt. Es war das Gegenmittel, das ihn für das Kommende immun machte.

Danach schraubte er den Deckel von der Puderdose seiner Tante ab, die er sich für diesen Abend geborgt hatte. Natürlich befand sich darin mittlerweile eine ganz andere Art von Pulver.

Lukas bat Herrn Rechbit darum, das Fenster einen Spalt öffnen zu dürfen. Kurz darauf wehte der sanfte Luftstrom das Pulver aus Lukas' Dose durch den Raum und Sekunden später erklang eine Symphonie aus Atem- und Schnarchgeräuschen. Das Schlafpulver hatte seine Wirkung getan.

Lukas rappelte sich auf. Er zog seine Jacke über, schlüpfte in seine Turnschuhe und dann leise aus dem Raum.

Ella wartete bereits. »Echt, sobald wir zurück sind, brauche ich auch Schlafpulver. Bei der Schnarchlautstärke.« Sie kicherte.

Lukas grinste breit. »Herr Rechbit hat eine halb verstopfte Nase, der sticht besonders hervor. Aber beeilen wir uns besser.«

Er hielt den Schlüssel für die Eingangstür der Schule in die Höhe, den er dem Informatiklehrer vorsichtig aus der Tasche gezogen hatte. Irgendwie war ihm Konrektorin Abeni zu gefährlich erschienen.

Gemeinsam mit Ella rannte er durch den Flur und die Aula zum Hauptausgang. Der Schlüssel klackte, als Lukas ihn herumdrehte. Sie bestreuten sich gegenseitig ordentlich mit Flugpulver, das Ella mitgebracht hatte.

»Es ist windig, wir müssen aufpassen«, sagte sie.

Lukas ging in die Hocke, zwinkerte und stieß sich ab. Wie ein Katapult schoss er in die Höhe. Dort wurde er allerdings von einer Böe getroffen, die ihn seitlich in Richtung Innenstadt trieb.

»Das meinte ich mit Wind!«, brüllte Ella.

Sie hatte sich eine Mütze aufgesetzt und Lukas zog schnell die Kapuze seines Hoodies über.

Kurz bevor er wie ein Käsehäppchen von der Kirchturmspitze aufgespießt wurde, bekam er den Flug wieder unter

Kontrolle. Nebeneinander flogen Ella und er hoch über den alten Marktplatz, vorbei an der Bücherei, in der Franklin, der ehemalige Assistent des Professors, eingezogen war, bis zum Stadtrand. In der Ferne erblickte Lukas das Herrenhaus.

»Da siehst du mal, was ich so mitmache, wenn ich zu dir fliege«, brüllte Ella über den Wind hinweg.

Langsam gingen sie tiefer. Vermutlich saßen seine Eltern noch mit Tante Stefanie im Wohnzimmer, tranken ein Glas Wein und tratschten. In dem Fall wäre es für sie ein Leichtes, sich durch Lukas' Fenster in sein Zimmer und dann weiter auf den Dachboden hinauf zu schleichen.

Taten sie aber nicht.

Stattdessen lag Tante Stefanie bereits im Bett. Sie trug eine Schlafmaske, hatte sich auf die Seite gedreht und hielt ein Kissen umschlungen. Eines ihrer Beine ragte unter der Decke hervor. Es steckte in einer violetten Schlafanzughose. Zudem hatte sie einen Pulli übergestreift. Grundsätzlich schien es ihr im Haus viel zu kalt zu sein, weshalb die Heizung auch auf Hochtouren lief. Das war so ziemlich das einzige Thema, bei dem sich seine Mutter und seine Tante einig waren.

Lukas hatte den Samstag schwitzend verbracht und seinem Pa war es ähnlich ergangen. Am Nachmittag hatte er ihn beobachtet, wie er heimlich den Thermostat neu einstellte, damit dieser die Temperatur automatisch nach unten regelte.

Tante Stefanie lag bedauerlicherweise genau so, dass ihr Kopf zum Fenster ausgerichtet war. Sollte sie wach werden, würde es nur eine schnelle Handbewegung lang dauern, bis sie sich die Schlafmaske abgestreift hatte und Ella und ihn entdeckte.

»Sie hatte heute Kopfschmerzen«, flüsterte er. »Deshalb ist sie wohl früher zu Bett gegangen.«

Lukas zog den fingerlangen Magnetstift aus der rechten Tasche – beinahe hätte der Wind ihn davongeweht – und führte diesen vorsichtig zum Riegel. Da Glas ein diamagnetischer Stoff war (es unterbrach die magnetische Wirkung nicht, wie Lukas seit dem Chemieunterricht wusste), wirkte der Magnetstift bis zum Riegel auf der anderen Seite.

Ganz langsam bewegte er den Stift an der Außenseite des Fensters in die Höhe. Durch die magnetische Anziehung stieg der Riegel auf der Innenseite ebenfalls nach oben.

Zufrieden stieß Lukas das Fenster auf und sie flogen ins Zimmer.

»Was?«, erklang eine verwirrte Stimme.

Mit einem Satz sausten Ella und er auf die andere Seite des Zimmers und pressten sich zwischen den Schatten an die Zimmerdecke. Tante Stefanie zog die Schlafmaske ab. Mit einem Seufzen stieg sie aus dem Bett.

»Dämliches Fenster«, murmelte sie und hakte den Riegel wieder ein.

Noch während sie zurück unter die Bettdecke kroch, bemerkte Lukas, dass das Flugpulver seine Wirkung verlor. Langsam sank er zu Boden. Ella hielt sich weiter in der Höhe, aber in wenigen Sekunden musste es ihr genauso ergehen.

Tante Stefanie hatte die Maske erneut übergestreift.

Lukas wollte schon aufatmen, als die Wirkung des Pulvers abrupt erlosch. Er fiel wie ein Stein zu Boden und kam mit einem lauten Poltern auf.

»Was?« Wieder friemelte Tante Stefanie an ihrer Schlafbrille.

In wenigen Sekunden würde sie ihn und Ella entdecken.

Rückkehr zum Baumhaus

Lukas reagierte instinktiv.

In seiner Hosentasche befand sich noch immer die Dose mit dem Schlafpulver. Er riss sie aus der Tasche und pustete die verbliebenen Reste in Tante Stefanies Richtung. Bevor diese ihre Schlafbrille ganz abgezogen hatte, kippte sie auch schon zurück auf ihr Kissen und schlummerte selig.

Ella kam auf dem Boden neben Lukas auf. »Was war das denn?«

»Schlafpulver«, erklärte er.

»Ich meinte die Wirkung des Flugpulvers«, sagte sie. »Ich habe doch extra durch Experimente geprüft, wie viel davon wie lange hält. Unsere Dosis hätte eine ganze Stunde wirken müssen.« Sie warf einen Blick auf ihre Armbanduhr.

»Vor dreißig Minuten haben wir es aus dem Flakon geholt. Die Magie hat zu schnell nachgelassen.«

»Seltsam.«

Lukas erinnerte sich, wie Ranis Großmenok und Pera im Baumhaus vor einer Woche aufgetaucht waren. Sie hatten davon berichtet, dass Bäume im Menok-Tal, die zuvor magisch besonders schnell nachgewachsen waren, das plötzlich nicht mehr taten. Mit der Magie schien etwas nicht zu stimmen.

Doch sie hatten keine Zeit, diesem Rätsel jetzt weiter nachzugehen. Lukas zog an dem Buch im Regal, das den Mechanismus zur Öffnung der geheimen Tür auslöste. Gemeinsam sausten sie über die Treppe hinauf auf den Speicher, wo Lukas sich erst einmal anstelle der Jogginghosen eine Jeans überzog, dazu andere Sneaker und einen Ersatzhoodie. Nach ihrem Abenteuer im Flüsterwald würde er wieder seine Schulkleidung für die Lesenacht anziehen, die auf diese Weise wenigstens unversehrt blieb. Schließlich konnte er kaum am nächsten Morgen mit erdigen Schuhen und dreckiger Kleidung in der Schule »aufwachen«.

Ella tat es ihm gleich. Im Verlauf der letzten Woche hatte auch sie hier alles Notwendige deponiert.

Die Rucksäcke, in die sie verschiedene magische Pulver eingepackt hatten, standen ebenfalls bereit. Die erste Reise der fünf Freunde sollte in den Heimatwald der Katzen gehen – aus diesem Wald stammte die Katze, die vor Kurzem in ihren Flüsterwald gekommen war. Ganz offensichtlich ein Hilferuf, doch bevor die fremde Katze berichten konnte, war sie bewusstlos geworden und seitdem nicht wieder aufgewacht. Doch schon bald würden Lukas und seine Freunde hoffentlich erfahren, was in dem Katzenwald vor sich ging.

Neben den »normalen« Pulvern und Zaubertränken befanden sich im Rucksack auch einige der geheimnisvollen Tränke, über die Professor von Thun sich ausschwieg. Sie entstammten einem Geheimfach des Speichers, von dem Ella und Lukas bis vor Kurzem nichts gewusst hatten. Dann waren jedoch seltsame böse Angreiferkatzen aufgetaucht und hatten versucht, die Tränke und Pulver in dem Fach zu stehlen.

Lukas und Ella hatten beschlossen, einige der Tränke mit einzupacken und bei nächster Gelegenheit den Professor nachdrücklich damit zu konfrontieren. Von Thun sollte ihnen endlich sagen, was es mit den Tränken auf sich hatte. Den Rest hatte Lukas versteckt. So war sichergestellt, dass die Katzen bei einem erneuten Besuch des Speichers nichts mehr vorfanden.

»Fertig«, sagte Lukas.

Sie zurrten ihre Rucksäcke fest und bestreuten sich erneut mit magischem Pulver, dieses Mal aber Flüsterpulver. Nur dadurch war es ihnen möglich, die Wesen im Flüsterwald zu sehen. Falls dessen Wirkung auch schneller nachließ als gewöhnlich, hatten sie Ersatz dabei.

Durch die Portalstanduhr ging es mit einem magischen Sprung ins Baumhaus im Flüsterwald. Mittlerweile hatte Lukas Übung im Portalsprung, weshalb er eleganter das Ziel erreichte als früher. Sonst war er meist auf dem Po gelandet.

»Da seid ihr ja endlich«, wurden sie freudestrahlend von Felicitas begrüßt, die prompt in der Luft einen Looping vollführte. Als armlanger Elfe mit Flügeln fiel ihr das natürlich recht leicht.

Ihre Beschützerin maunzte lediglich. Obwohl die Katze Pedora Ulinde Naftet von Chibalka – kurz: Punchy – durchaus sprechen konnte, hatte sie meist keine Lust dazu.

»Hallo«, erklang es matt von dem Kissenberg, der sich in einer Ecke des Baumhauses türmte. Die Kissen waren allerdings meist von Punchy belegt, nicht von Rani.

Der Menok lag mit dem Gesicht nach unten auf einem smaragdgrünen Kissen mit Bommeln daran. Er hatte seine beiden Greifpfoten von sich gestreckt. Der Greifschwanz ragte in die Höhe, er winkte ihnen zu.

»Was ist denn mit dir passiert?«, fragte Ella.

»Mein literarisches Genie wurde dazu gezwungen, beim Bauen zu helfen.«

»Beim Bauen«, echote Ella ratlos.

»Lass mich raten.« Lukas grinste breit. »Der Anbau für Pera?«

»Sie hatte in ihrem Regelwerk, das wir alle mit unserem Greifschwanzabdruck besiegelt haben, festgelegt, dass wir ihr beim Bauen helfen«, erklärte Rani. »Hätten wir natürlich sowieso getan. Total freiwillig. Nur vielleicht nicht so viel. Ich bin zum Schreiben gemacht.« Er hielt seine rechte Greifpfote in die Höhe, an der ein geschwollener Daumen prangte. »Ich habe mir versehentlich draufgehauen.«

»Das tut mir leid«, sagte Lukas.

»Ich habe ihm ja angeboten, mit ein wenig Elfenstaub nachzuhelfen«, erklärte Felicitas. »Aber er will nicht.«

»Weil ich nicht wieder wie eine Rakete durch die Luft sausen will«, motzte Rani. »Oder dass ein ähnliches Unglück passiert wie beim Siebenbachtal.«

Stille.

Felicitas ballte ihre Hände zu Fäustchen und wirkte, als wolle sie selbst gleich zur Rakete werden. »Du übertreibst total.«

»Mirabella von Sommerlicht gibt mir recht.« Rani richtete sich ächzend auf, als er wie beiläufig Felicitas' größte Konkurrentin und Feindin aus dem Elfeninternat ins Spiel brachte. »Vielleicht sollte ich sie bitten, meinen Daumen wieder zu richten. Sie ist nett. Sie hat sogar versprochen, für mich ein gutes Wort bei Winimuff Sauseblitz einzulegen.«

Lukas blinzelte. »Bei wem?«

Rani zog eine zusammengerollte Zeitung aus seiner Bauchtasche. »Er ist Journalist und schreibt ganz tolle Artikel in der Flüsterzeitung.«

Felicitas rollte mit den Augen. »Die meisten seiner Artikel behandeln ganz komische Themen.«

»Gar nicht wahr«, ereiferte sich Rani. »Erst im letzten Sommer hat er zwei Seiten über die Buchstabenfresser geschrieben.«

»Eben«, sagte Felicitas triumphierend. »Danach hat der Chefredakteur der Flüsterzeitung so laut geschrien, dass man es bis ins Internat hören konnte. Seitdem darf Winimuff nur noch über bestimmte Themen schreiben.«

Rani seufzte. »Ich schicke ihm manchmal Briefe und eigene Artikel. Bisher konnte er seinen Chefredakteur leider nicht davon überzeugen, sie zu veröffentlichen, aber er spricht mir Mut zu.«

»Ha!«, rief die Elfe aus. »Garantiert steht da genau so viel

Unsinn drin wie in seinen. Und der Chefredakteur verbietet es.«

Noch mehr Stille.

Im nächsten Augenblick prasselten die Gemeinheiten nur so durch das Baumhaus. Felicitas beteuerte, dass es vermutlich an Ranis nicht vorhandenen handwerklichen Fähigkeiten lag, dass sein Fell heute so zottelig aussah. Umgekehrt schwärmte Rani von Mirabellas Fähigkeiten, schöne Blumen zu züchten – etwas, das er einer gewissen Siebenbachtal-Elfe absprach.

»Das Herz des Waldes wartet bestimmt schon auf uns«, sagte Lukas.

»Freut ihr euch auf die Fahrt mit der Blinzelbahn zu einem fernen Flüsterwald?«, ergänzte Ella.

Bei diesen Worten vergaßen sowohl Rani als auch Felicitas ihren Streit.

»Oh ja«, ereiferte sich der Menok. »Ich habe extra ein neues Buch begonnen. Studien in fernen Wäldern. Daraus lassen sich bestimmt auch wieder Artikel machen.« Er tätschelte die Felltasche an seinem Bauch. Der Menok wirkte voller Tatendrang, geradezu hippelig. Mit seinem Greifschwanz kratzte er sich sein Rückenfell.

»Und ich bin so gespannt, ob Magie für uns dort anders wirkt, weil wir ja magische Geschöpfe *dieses* Waldes sind«, erklärte Felicitas. »Überhaupt müsste ich mal mit dem Herz des Waldes wegen der Magie sprechen. Irgendwie stimmt da etwas nicht. Im Palast verwelken immer mehr Blumen und die Flüsterwolken liefern weniger Elfenstaub.«

Lukas erinnerte sich noch gut an seinen Sturz mit Ella von der Wolkenstadt hinab zur Erde. Sie waren durch die Elfenstaubfelder zu Boden gefallen. Das hatte wunderschön ausgesehen, sah man davon ab, dass sie – wie so oft – eben gefallen waren.

Felicitas ließ Elfenstaub wirbeln und zauberte Lukas und Ella wieder Elfenohren. So würden sie als Späher aus dem Elfenpalast durchgehen, die gerade von einem Einsatz in der Menschenwelt zurückgekehrt und noch nicht wieder auf ihre normale Elfengröße geschrumpft waren.

Lukas öffnete die Tür im Baumstamm, sie traten hindurch und stiegen die Stufen hinab zur Blinzelbahn. Ella streichelte kurz das Podest, bedankte sich dafür, dass sie die Blinzelbahn benutzen durften, und schon blinzelten sie sich gemeinsam direkt in die Herzburg.

Das Steinportal öffnete sich und sie eilten die mit rotem Samt ausgelegten Stufen hinauf. Lukas bemerkte, dass sich die Einrichtung bei jedem ihrer Besuche ein wenig mehr verändert hatte. Als entdeckte sich das Herz des Waldes nach seiner Rückkehr neu und gestaltete entsprechend sein

Zuhause. An den Wänden hingen Glaskugeln mit Blumen darin und Bilder, die verschiedene Orte des Flüsterwaldes zeigten. Dazwischen ragten Glasskulpturen auf.

Im Thronsaal wartete das Herz des Waldes bereits als violett-leuchtende Kugel aus reiner Energie. »Ah, da seid ihr ja. Gerade wollte ich euch rufen, Beschützer des Waldes.«

Lukas blickte auf das Tattoo an seinem Handgelenk, das sie alle trugen, seitdem das Herz sie zu Beschützern des Waldes ernannt hatte. Über das Tattoo konnte das Herz des Waldes sie herbeirufen, wenn es Hilfe benötigte. Dieses Mal waren sie jedoch schneller gewesen.

»Eure Reise ist wichtiger denn je«, wisperte das Herz. »Im Flüsterwald geschehen merkwürdige Dinge, die Magie wird schwächer, als drohe sie zu versiegen. Das Böse wird immer stärker und ich weiß nicht einmal, mit wem wir es bei unserer Angreiferin zu tun haben.«

»Die böse Magierin hat uns gewarnt, dass wir uns nicht in ihre Pläne einmischen sollen«, sagte Lukas. »Sie weiß, dass wir die Einzigen sind, die die Blinzelbahn zu den fernen Wäldern noch benutzen können.«

Die Magie des Meisterschlüssels, die Ella innehatte, kombiniert mit Lukas' Siegelmagie machte das möglich.

»Ihre Magie ist außerordentlich stark«, bestätigte das

Herz des Waldes. »Und doch fremd. Mit etwas Glück finden wir in dem Wald Antworten, aus dem die Besucherkatze geflohen ist. Doch dafür müssen wir euch gut ausrüsten und ihr benötigt mehr Informationen über das Ziel. Der Chronist erwartet euch bereits. Viel Erfolg!«

»Das wird lustig«, sagte Rani.

Lukas schloss seufzend die Augen.

Katzenkunde

»Du«, sagte der Chronist.

»Ich«, bestätigte Rani mit einem zufriedenen Nicken.

Das Herz des Waldes hatte in der Burg mittels Portaltüren magische Zugänge zu weit entfernten Orten geschaffen. Obwohl sie nur einen Schritt getan hatten, waren sie doch viele Kilometer entfernt in jenem Berg, in dem der Chronist das Wissen des Flüsterwaldes verwahrte.

Auch hier hatte der Menok sich nicht gerade beliebt gemacht und Lukas beeilte sich, die aufkommende Spannung im Keim zu ersticken. »Wir kommen, um mehr über den Katzenwald zu erfahren.«

»Das Herz hat mich informiert.« Der Chronist deutete auf das Wissensbassin. »Nehmt auf der Plattform Platz.«

Nacheinander stiegen die Freunde die Stufen hinauf. Das Wissensbassin hatte die Form eines Schwimmbeckens, an dessen Seite eine Holzplattform angebracht worden war. Von dort konnten sie direkt ins klare, funkelnde Wasser hineinschauen. An den Glaswänden des Wissensbassins waren filigrane Figuren zu sehen, die Wesen des Flüsterwaldes darstellten.

Auf einem kleinen Tischchen hatte der Chronist bereits die Phiolen bereitgestellt, in denen sich Flüssigkeiten in verschiedenen Farben befanden. Sie enthielten das Wissen der Vergangenheit. Irgendwann hatte jemand in die Flakons gespuckt und damit seine Erinnerung übertragen. Der Chronist hatte dann glücklicherweise Duft- und Farbessenzen beigemischt.

»Ich habe euch alles Wissenswerte zusammengetragen«, erklärte er. »Ihr habt euch für eure Reise direkt den spannendsten Wald herausgesucht.«

Rani ließ sich an den Rand des Bassins plumpsen, zog sein Buch hervor und blickte aufmerksam ins Wasser. »Fangen wir heute noch an? Wir, als Beschützer des Waldes, haben nämlich nicht so viel Zeit wie du.«

Die Schmetterlingsohren des Chronisten bekamen einen zarten Rotton. Sein rechtes Bein zuckte, als hätte er den Menok am liebsten ins Wissensbassin gekickt.

»Das wäre sehr nett«, flötete Felicitas.

Der Chronist entspannte sich. »Natürlich, Prinzessin.«

Er nahm einen Flakon, der wie eine Raute aus Kristall geformt war, und tröpfelte die Farbmischung ins Wasser.

Während sich die Farben im Wasser zu Formen vermischten, begann er zu erzählen: »Vor langer Zeit lebten die Clans der Katzen hier in unserem Flüsterwald. Doch da sie ihre Freiheit lieben, beanspruchten sie immer größere Gebiete für sich. Es kam oft zu Kämpfen zwischen den Katzenclans. Und schließlich wurde die Königskatze, die Herrscherin über alle Katzenclans, zum Herzen gerufen, um eine Lösung zu finden.«

Im Wissensbassin wurde eine Katze sichtbar, die die Größe eines Tigers besaß. Sie war schwarz-weiß gescheckt und hatte funkelnd grüne Augen.

»Ihr Fell glänzt so seidig«, hauchte Rani.

»Wie schlau sie aussieht«, kam es von Felicitas.

»Muss lange her sein«, warf Lukas ein.

»Generationen liegen zwischen den damaligen Ereignissen und heute«, bestätigte der Chronist. »Das Herz des Waldes erkannte die große Macht der Katzen, ebenso ihr Gefühl des Gefangenseins. Es wollte ihnen einen Ausweg ermöglichen. Damals – vor seiner selbst gewählten Isolation – stand das Herz noch in Verbindung zu den Seelen der anderen Wälder. Jeder Flüsterwald hat eine eigene Seele – so wie das Herz des Waldes die unsere ist. Damals war es noch Teil des großen Seelenbundes. Und nachdem das Herz seine Idee den anderen Waldseelen vorgetragen hatte, stimmten alle Seelen zu, einen Bruchteil ihrer Macht in einen neuen Flüsterwald fließen zu lassen.«

Als der Chronist die Seelen der anderen Flüsterwälder erwähnte, sah Lukas, wie im Bassin erst ein großer roter Felsen aufragte, danach ein plätschernder Wasserfall und schließlich eine Gletscherspalte. Jede der Waldseelen schien eine andere Form innezuhaben, einen unterschiedlichen Körper anzunehmen.

»Und so kam es, dass der Katzenwald entstand«, erklärte der Chronist. »Die Königskatze voran zogen die Clans dorthin um. Nur ein Clan blieb zurück – es waren die Katzen des Sonnenrotberges, die verweilten, um die Elfen zu beschützen. Das ist natürlich eine gänzlich andere Geschichte.«

Lukas wusste, dass Punchy Felicitas ständig begleitete, und auch andere Bewohner des Elfenpalastes hatten Katzen. Es gab sogar extra Tunnel in den Palastwänden, wodurch die vierbeinigen Begleiter huschen konnten. »Wir sollten also die Königskatze aufsuchen?«

Der Chronist wiegte den Kopf hin und her. »Als Abgesandte des Herzens werdet ihr vermutlich nach eingehender Prüfung vorgelassen. Aber da ihr im Gebiet eines Clans erscheinen werdet, solltet ihr zuerst Kontakt zu der dortigen Anführerinnenkatze – der Clansherrin – aufnehmen. Jeder Clan hat eine Anführerinnenkatze. Diese wiederum unterstehen der Königskatze, die über allen herrscht. Aber leicht wird es sicher nicht, ihr Vertrauen zu gewinnen.«

»Wir haben ja Punchy«, sagte Ella.

»Auch ich bin im Katzenwald eine Fremde«, erklärte Pedora Ulinde Naftet von Chibalka. »Mein letzter Besuch liegt viele Jahre zurück. Es gibt seit Generationen gewisse Spannungen, weil wir uns damals dazu entschieden haben, hierzubleiben.«

»Dann müssen wir also auf unsere Rolle als Beschützer des Flüsterwaldes bauen«, begriff Ella und hob ihre rechte Hand in die Höhe, wodurch das Tattoo am Handgelenk sichtbar wurde.

»So ist es«, bestätigte der Chronist. »Wie es aktuell im Katzenwald aussieht, weiß ich nicht, da das Herz ja sehr lange schlief, und in dieser Zeit gab es kaum noch Kontakt mit den fernen Wäldern.«

»Kann das Herz nicht einfach die Seelen der anderen Flüsterwälder befragen?«, wollte Ella wissen.

Doch der Chronist schüttelte den Kopf. »Es wird dauern, bis die Verbindung neu geknüpft ist. Noch ist es nicht in den Seelenbund zurückgekehrt. Daher liegt alles außerhalb unseres Flüsterwaldes für das Herz im Dunkeln. Aber das würde im Katzenwald sowieso nichts nutzen. Dort hat sich nie eine neue Seele manifestiert. Wir haben nicht erfahren, was geschehen ist. Normalerweise hätte sich aus der Macht aller anderen Waldseelen eine kleine neue Seele entwickeln müssen. Doch es hat sich niemand in das Band eingeflochten.«

»Das ist ja traurig«, sagte Felicitas. »Dann hat der Katzenwald gar keine?«

Der Chronist zuckte mit den Schultern. »Falls es so wäre, wissen wir nichts davon. Der Wald ist Hoheitsgebiet der Katzen und sie sind frei, ihr Wissen mit uns zu teilen oder nicht.«

»Eines frage ich mich aber noch«, überlegte Ella. »Wieso ist die Besucherkatze, die es nur verwundet hierhergeschafft hat, ausgerechnet in unseren Wald gekommen?«

Dabei blickte sie zuerst Lukas an, dann nacheinander die anderen. Auf Punchy blieb ihr fragender Blick ruhen, doch die leckte über ihre Tatzen und schwieg.

»Also, was du uns jetzt gesagt hast, ist, dass es Katzen im Katzenwald gibt«, fasste Rani zusammen. »Und den Rest sollen wir selbst herausfinden?« Der Menok schrieb provozierend langsam in sein Büchlein.

»Ich habe außerdem gehört, dass vor allem die wilden Katzen gerne Menoks essen«, sprach der Chronist weiter. »Pass also gut auf dich auf. Bis zum nächsten Mal!« Damit summte er zufrieden ein Lied und hielt den Glasflakon über das Becken. Die farbige Flüssigkeit zog sich wieder aus dem Wasser zurück und schwebte in den Flakon hinein.

»Stimmt das?«, fragte Rani Punchy.

»Sie war schon lange nicht mehr dort und weiß nichts, hast du doch gehört«, sagte Ella frech. »Wir finden es einfach selbst heraus.«

Gemeinsam verließen sie das Podest des Wissensbassins.

Ein aufgeregter Menok sprang hektisch an Lukas in die Höhe. »Aber du beschützt mich doch, oder, Lukas? Also während ich auf deiner Schulter sitze und dich beschütze.«

»Das weißt du doch.« Lukas streichelte ihm beruhigend über den Rücken.

Man musste den bösen Scherz ja nicht übertreiben. Am Ende hatten sie einen permanent ängstlichen Menok dabei.

Andererseits hätte sich dann gar nicht so viel geändert.

Er grinste verschmitzt.

Rani wirkte jetzt noch aufgeregter und kratzte sich schon wieder mit dem Greifschwanz den Rücken.

Gemeinsam verließen sie das Archiv des Chronisten, um sich als Nächstes die neuen Ausrüstungsgegenstände abzuholen. Der letzte Halt, bevor es losging.

Nur einen Gang entfernt befand sich der andere Durchgang. Und so betraten sie die Werkstatt von Professor Archibald von Thun.

Die neue Ausrüstung

Archibald von Thun zog Ella in eine Umarmung. »Es ist so schön, dich zu sehen. Hallo, ihr Lieben.«

Sie begrüßten den Professor, der ein kariertes Flanellhemd und Jeans trug. Mittlerweile hatte er sein magisches Gefängnis zu einer Werkstatt umgestaltet. Dabei ging der Raum auch direkt in eine Küche und einen Lesebereich über. Nur Schlafzimmer und Bad waren durch Türen abgetrennt. Eine Tasse mit dampfendem Tee stand auf der Werkbank. Vor dem Fenster bogen sich die Äste im Wind, Regen hatte eingesetzt.

»Und jetzt geht es also auf in den Katzenwald?«, fragte Ellas Großvater und seufzte. »Ich würde euch so gerne begleiten. Meine Abenteuer haben mich weit herumgeführt, aber die anderen Flüsterwälder habe ich nie gesehen.«

Lukas wollte schon vorschlagen, dass sie nach ihrer Reise eine Erinnerung in einen Flakon des Chronisten legten, damit der Professor sie sich anschauen konnte, sobald der Zauberbann um seine Werkstatt gebrochen war. Vermutlich musste er aber nur eine einzige Gefahr sehen, der Ella ausgesetzt gewesen war, schon würde er ihr jede weitere Reise verbieten.

»Wir denken an dich, Großvater.« Ella herzte ihn noch einmal.

Mit einem Lächeln und roten Wangen wandte der Professor sich der Werkbank zu. »Ich habe euch eine ganz besondere Ausrüstung angefertigt.«

Er hob etwas in die Höhe, das Lukas im ersten Augenblick nicht zuordnen konnte. Es waren übergroße Krallen aus Holz, wie er schließlich erkannte.

»Es sind jeweils zwei, die zusammengehören. Ein Paar für Ella, eines für dich, Lukas«, erklärte der Professor. »Wenn ihr in diese Halterungen auf der Unterseite eure Finger schiebt, verwandeln sie euch in Pantherkatzen. Auf diese Art seid ihr im Katzenwald schneller unterwegs. Ich weiß, dass er riesig ist, die Katzen lieben die Weite.«

»Wir können uns in Pantherkatzen verwandeln?! Wie

genial!« Lukas wollte bereits nach den magischen Krallen greifen.

Doch der Professor zog sie noch einmal zurück. »Ihr werdet nicht wirklich zu einem Tier. In einem solchen Fall würde sich auch eure Seele verändern, eure Instinkte und Gedanken. Dazu wäre eine weitaus stärkere Magie als die der Krallen notwendig und die birgt Gefahren in sich.« Der Blick des Professors verlor sich für einen Augenblick in Erinnerungen.

Lukas musste unweigerlich an die verbotenen Tränke denken, die er in seinem Rucksack mitführte. Ein Katzenwandeltrank war ebenfalls dabei. Veränderte dieser die Seele? Sollten sie jetzt sofort mit ihm darüber sprechen? Schließlich hatten Ella und er die Tränke deshalb mitgenommen. Lukas schüttelte innerlich den Kopf. Das konnten sie nach dem Abenteuer immer noch machen. Jetzt drängte die Zeit.

»Aber das spielt ja keine Rolle«, beendete von Thun das Thema und reichte ihm ein Krallenpaar, Ella das andere.

»Für dich, Rani, habe ich auch etwas.«

»Wirklich?« Der Menok wirkte vollkommen perplex. »Für mich? Was ist es denn? Schokolade?«

»Wie sollte die dir denn im Katzenwald helfen?«, fragte der Professor.

»Sie macht mich satt«, erklärte Rani. »Und aufmerksam. Es wäre genau die richtige Verpflegung.«

»Das glaube ich manchmal auch«, sagte Lukas leise.

Ella presste ihre Lippen zusammen und unterdrückte ein Lachen. Schokolade würde den Menok auf der Stelle einschlafen lassen und ihr fielen genauso wie Lukas sofort jede Menge Situationen ein, in denen ein schlafender Menok eine verlockende Vorstellung war.

»Es ist keine Schokolade«, erklärte der Professor dem Menok. »Dafür Munition für deine Schleuder.« Er hielt einen durchsichtigen Beutel in die Höhe, in dem sich etwas befand, das wie Mottenkugeln aussah. »Schlafpulverkugeln. Wenn du sie auf Angreifer schießt, platzen sie auf. Im Gegensatz zu anderer Munition, die ich für sehr gefährlich halte, schlafen die Getroffenen einfach ein, anstatt verletzt zu werden.«

Rani verschränkte seine beiden Handpfoten ineinander und blickte verzückt auf den Beutel. »Schlafpulverkugeln. So etwas Liebes hat bisher noch niemand für mich gemacht. Danke!« Mit einem Satz war er bei dem Professor und schnappte sich seine neue Munition.

»Da ich weiß, dass ihr auch schon gegen feindliche Katzen habt kämpfen müssen, habe ich etwas für dich, Felicitas.« Archibald von Thun hob eine Art Stoff in die Höhe.

»Glücklicherweise gibt es mittlerweile eine Rohrpost, die in meine Werkstatt führt.« Er deutete mit dem Kopf zur Seite, wo ein Rohr zu sehen war. »Ich kann also Materialien anfordern. Dieser Stoff wird bei Berührung mit deinem Kleid verschmelzen.«

Felicitas schwebte näher und streckte die kleine Hand aus. Zentimeter von dem Stoff entfernt stoppte sie. »Ich spüre die Magie. Sie ist unglaublich stark.«

»Es ist Königssilber«, erklärte der Professor. »Ein Rest von jenem Stoff, aus dem das Hemd für den ersten Elfenkönig angefertigt wurde.«

Felicitas erbleichte. »Aber davon gibt es doch gar nichts mehr.«

Professor von Thun zwinkerte. »Ich habe viele Jahre den Flüsterwald durchstreift und eine Menge alter Geheimnisse gefunden. Das Herz war so freundlich, eines meiner Verstecke mittels einer magischen Portaltür anzubinden, und mit ein wenig zusätzlicher Hilfe hatte ich alles beisammen.«

»Dieses Hemd ist kostbarer als der ganze Palast«, sagte Felicitas. »Es beschützt den Träger vor böser Magie.«

»Das hier ist nur ein Rest«, mahnte der Professor. »Du bist dadurch nicht unverwundbar und es wird direkten Treffern nur ein paarmal standhalten, danach verflüchtigt sich sein magischer Schutz. Doch im Notfall … ich hoffe, es wird niemals benötigt.«

Damit überreichte er Felicitas den Stoff aus Königssilber. Sie legte ihn auf ihr Kleid und prompt verwandelte sich der Stoff in ein Nebelgespinst, das mit dem Kleid verschmolz. Sekunden später war nichts mehr von dem Nebel zu sehen.

»Danke«, hauchte die Elfe.

»Und damit kommen wir auch zum Ende. Ich habe hier noch etwas für euch alle, für den Notfall.« Der Professor reichte Lukas eine Glaskugel, die so groß war wie eine Murmel. »Solltet ihr in Gefahr sein, wirf sie zu Boden. Dieser blaue Nebel darin wird zu einem Portaldurchgang, wie er auch hier in den Türen verankert ist. Er wird euch einen Ausgang erschaffen, über den ihr flüchten könnt. Allerdings könnt ihr nicht bestimmen, wo ihr landet. Zudem funktioniert es nur ein einziges Mal.«

Lukas nahm die Kugel ehrfürchtig entgegen.

»Keine Sorge, sie zerbricht nur, wenn du es wirklich willst.« Der Professor winkte ab. »Ansonsten verschwindet ihr noch versehentlich durch das Portal, weil sich jemand draufsetzt.« Dabei linste er zu Rani und zwinkerte Lukas zu.

Sie bedankten sich bei Archibald von Thun und verließen gemeinsam die Werkstatt. Damit waren sie frisch ausgerüstet und bereit.

Zurück in der Herzburg schickte ihnen das Herz des Waldes einen Abschiedsgruß.

»Passt auf euch auf und lüftet den Schleier des Geheimnisses!«, erklang die wispernde Stimme aus der leuchtenden Kugel.

Sie stiegen die Treppenstufen hinab zum Podest der Blinzelbahn und blinzelten sich zum unterirdischen Blinzelbahnhof, der in die fernen Flüsterwälder führte. Hier ragten Wurzelstränge aus der Wand hervor und der Blinzelknoten erwartete die fünf, wie sie ihn bei ihrem letzten Abenteuer verlassen hatten.

»Dann ist es jetzt so weit, ja?« Lukas wurde aufgeregt.

»Ein ferner Wald.« Ellas Augen leuchteten vor Freude.

Sie traten alle gemeinsam auf die Plattform. Lukas und Ella nahmen sich an den Händen.

»Ja, ich kann es vor mir sehen«, flüsterte Ella. »Die Blinzelbahn innerhalb unseres Flüsterwaldes funktioniert ähnlich den Gängen in einem großen Haus, die ganz viele Zimmer miteinander verbinden. In jedem Zimmer befindet sich ein Blinzelbahnhof. Aber hier sehe ich den Weg aus dem Haus hinaus. Und es gibt entfernte andere Häuser. Sie sehen total unterschiedlich aus. Da ist ein roter Felsen. Und dort hinten eine Lagune. Wartet, da: eine riesige Katze mit Diamantenaugen.«

»Das muss der Katzenwald sein«, rief Felicitas.

»Aber außen rum ist eine Blase aus Magie«, sprach Ella laut aus, was nur sie sehen konnte.

An dieser Stelle kam Lukas ins Spiel. Denn während Ella mit der Magie des Meisterschlüssels verschmolzen war und den Weg zu den fernen Wäldern öffnen konnte, war Lukas mit seiner Siegelmagie dazu in der Lage, die Türen aufzusperren.

»Ich leite die Siegelmagie in die Verbindung«, sagte er.

»Und ich manövriere sie über die Blinzelbahn weiter zum Katzenwald.« Ella nickte zufrieden. »Jetzt ist ein Loch in der Blase, wir können durch.«

Lukas richtete seinen Blick auf den Kristall, der über ihnen an der Decke hing. Der Schacht, der wegführte aus dem Blinzelbahnhof, wirkte mit einem Mal dunkler.

»Also los.«

Lukas blinzelte.

Und ihre Reise in den Katzenwald begann.

Ankunft im Katzenwald

Anfangs fühlte sich die Reise zum fernen Wald wie ein gewöhnliches Blinzeln von einer Station zur anderen innerhalb des Flüsterwaldes an. Lukas hatte mehrere Abenteuer lang benötigt, um einigermaßen aufrecht zu landen, anstatt nach der Ankunft unkontrolliert durch den Raum zu torkeln.

Erneut wurde er – so klein wie eine Ameise – durch einen Abguss gespült, herumgeschleudert und gewirbelt. Irgendwann wurde daraus jedoch ein sanftes Gleiten. Er konnte spüren, dass der Flüsterwald, den er kannte, hinter ihm zurückblieb. Er hatte die »Haustür« passiert, durch die es nach draußen ging. Hier, zwischen den Wäldern, war die Magie der Blinzelbahn wie ein unbeschriebenes Blatt.

Lukas begriff instinktiv, dass die magische Passage sich dem jeweiligen Flüsterwald anpasste.

Dann waren sie auch schon im Bereich des Katzenwaldes angekommen, tauchten in dessen Aura ein. Die Blinzelreise veränderte sich, fühlte sich weiter an und freier. Als würden sie über ein Feld rennen oder auf einer Woge frischen Windes dahingleiten.

Im nächsten Moment war es bereits wieder vorbei und sie purzelten nacheinander aus dem Schatten eines Baumes. Der Stamm besaß die Dicke eines Hauses, Geäst ragte weit von ihm ab, auf der Borke waren überall Kratzspuren zu erkennen.

Lukas machte einen Schritt und bemerkte überrascht, dass er keine Pfoten und Tatzen besaß, nur zwei Beine. Prompt schlug er der Länge nach hin. »Was ist das?«

Ella plumpste auf den Hintern. »Ich habe für eine Sekunde gedacht, ich wäre eine Katze.«

»Es nennt sich Katzenecho«, erklärte Punchy. »In unserem Flüsterwald ist es der Blinzelschock, an den Reisende sich gewöhnen müssen. Hier ist es das Katzenecho, das jeden befällt, der eben keine Katze ist. Für ein paar Minuten fühlt es sich falsch an, ohne Fell, Schwanz und Tatzen zu sein.«

»Also mir geht es gut«, behauptete Rani, wobei er mit

dem Greifschwanz vor seinem Gesicht herumfuchtelte und wie hypnotisiert blinzelte. »Aber es ist doch bestimmt schnell vorbei, oder?«

Felicitas war bäuchlings auf eine der Wurzeln gesunken und umschlang diese. »Meine Flügel fühlen sich so schwer an. Überall Fell.«

Punchy maunzte beruhigend. »Es ist gleich vorbei.«

Ein Donnergrollen lenkte die Aufmerksamkeit auf sich. Zwischen dem dichten Blätterdach konnte Lukas graue Wolken erkennen, die Luft roch nach einem heranziehenden Gewitter.

»Das hier ist das Donnertal«, erklärte Punchy mit einem Seufzen. »Ich habe mich, so gut es ging, auf unsere Besucherkatze konzentriert, ihren Geruch, ihre Ausstrahlung. Das hat die Reise hierher gelenkt. Die Besucherkatze gehört also dem Clan des Donnertals an. Hier kommt es ständig zu Unwettern – Blitze, Donner, richtige Stürme.«

»Hätte er nicht dem Sommerentspannungsclan angehören können?«, murrte Lukas. »Das hätte es leichter gemacht.« Langsam ließ das Katzenecho nach und er konnte sich wieder sicherer auf beiden Beinen bewegen. Nur seine Finger fühlten sich noch etwas pelzig an.

»Das ist gar nicht schlecht«, beruhigte ihn Punchy. »Die Clansherrin des Donnertals ist eine entfernte Cousine der

Königskatze. Sie wird uns nicht nur Informationen geben, sie kann auch sofort den Kontakt herstellen.«

»Gehen wir«, sagte Ella.

Sie hatte sich ebenfalls gefangen. Felicitas machte erste Flügelbewegungen und Rani schrieb bereits wieder Notizen in sein Buch.

Lukas sah sich genauer um. Der Wald hatte nur anfangs so gewirkt wie der Flüsterwald, den er kannte. Die Bäume waren viel größer, das Geäst dicker. Wie Arme, die einander umschlangen, gingen die Äste ineinander über. So bildeten sich in luftiger Höhe der Baumkronen Straßen und er konnte direkt vor sich sehen, wie die Katzen über die Äste balancierten. Die Blätter – und das war wirklich ungewöhnlich – veränderten ständig ihre Farbe.

»Alle Farben des Regenbogens«, erklärte Punchy.

»Das ist total schön«, befand Lukas.

Ella ging näher heran und berührte die Blätter. »Fühlt sich seltsam an. Warm.«

Am liebsten hätte Lukas die kommenden Stunden damit verbracht, alles genauer zu untersuchen. Was natürlich nicht möglich war. Die größte Herausforderung ihres Abenteuers lag noch vor ihnen und sie durften keine Zeit verlieren.

»Mit ›gehen‹ ist es nicht getan«, sagte Punchy. »Die Entfernungen sind gewaltig und normalerweise nutzen wir die Katzenlinien. Die sind für euch aber nicht zugänglich. Wenn wir den Clan des Donnertals schnell erreichen wollen, müsst ihr die Krallen benutzen, die Professor von Thun euch gegeben hat.«

Lukas hatte sich bereits darauf gefreut, die Holzkrallen überzustreifen. »Dann los.«

Ella hatte ihre herausgezogen und übergestreift, bevor Lukas überhaupt seinen Rucksack abgenommen hatte. Im nächsten Augenblick bildete sich auf ihrer Haut ein Muster aus dunklen Flecken, ihre Nase wurde zu einer Schnauze. Ihre Kleidung verwandelte sich in Fell, der Rücken krümmte sich. Als ihr Rucksack verschwand, war aus Ella bereits eine Katze in der Größe eines Panthers geworden.

»Wow«, sagte Lukas.

»Fühlt sich total gut an.« Ella machte einen Satz nach vorne und hatte sogleich zehn Menschenschritte zurückgelegt. Mit einem weiteren Sprung kehrte sie zurück. »Auf diese Art kommen wir sicher schnell genug ans Ziel.«

Auf ihren Tatzen saßen die Holzkrallen unverrückbar fest, sie hatten ihre Größe mit verändert.

Lukas zog sich seine jetzt ebenfalls über. Es kitzelte ein wenig, als seine Haut die Farbe änderte.

»Dein Fell ist vollkommen schwarz«, sagte Rani. »Und du bräuchtest unbedingt eine Glanztinktur.«

»Oh, aber du hast einen schönen weißen Fleck über deinem rechten Auge, Lukas«, bemerkte Felicitas.

Die Verwandlung vollzog sich in Sekundenschnelle, und bevor Lukas weiter darüber nachdenken konnte, spürte er neue Muskeln unter seinem Fell. Dieser Katzenleib war stark. Er setzte wie Ella zuvor zum Sprung an und seine Freunde blieben hinter ihm zurück. Es war ihm ein Leichtes, an einem Baum hinaufzujagen, von einem Ast auf den nächsten zu springen. Leider war einer der Äste nicht stark genug, um ihn zu halten, doch das war kein Problem. Im Fallen drehte Lukas seinen Pantherkatzenkörper und landete auf allen vieren am Boden.

»Katze zu sein ist toll«, rief er.

Punchy seufzte. »Ihr seid keine Katzen. Das habe ich euch schon mal gesagt. Es ist wichtig, dass ihr das unterscheidet.«

»Dann sind wir eben magische Pantherkatzen, die an den Pfoten Pantherkatzenkrallen tragen.«

Punchy seufzte erneut, gab sich damit aber zufrieden.

»Ich schlage vor, dass Rani auf mir reitet und Felicitas auf Ella«, rief Lukas.

Die Freunde stimmten zu, wobei Rani äußerst argwöhnisch wirkte. Er befühlte ständig Lukas' Katzenfell und kommentierte das abwechselnd mit einem »Hm«

und »Meine Eltern hätten mich so nicht aus dem Bau gelassen«.

»Was ist mit dir, Punchy?«, fragte Ella.

»Oh, macht euch um mich keine Sorgen.« Sie maunzte zufrieden. »Endlich muss ich nicht ständig auf euch warten. Passt nur auf, dass ihr den Anschluss nicht verliert.«

Wie ein abgeschossener Pfeil sauste Pedora Ulinde Naftet von Chibalka durch das Donnertal. Lukas blieb keine Zeit für eine Antwort, er setzte augenblicklich zur Verfolgung an. Seine Muskeln entwickelten ein Eigenleben, Sträucher und Äste strichen über sein Fell. Ella war dicht neben ihm. So also fühlte sich die Freiheit des Katzenwaldes an.

Rani klammerte sich mit all seinen Pfoten und dem Greifschwanz in Lukas' Fell. »Laaaaaangsamer!«

»Geht nicht«, gab Lukas zurück. »Wir dürfen Punchy nicht verlieren.«

Er rannte noch schneller.

Das steinerne Rätsel

Lukas wurde immer schneller.

In diesem Augenblick war er dem Professor unendlich dankbar für die Erfindung der Pantherkatzenkrallen. Er hatte zwar mit dem Flugpulver, dem Flüsterpulver oder dem Feuerschutzpulver bereits einige magische Essenzen ausprobiert, doch noch nie hatte er seinen Körper verändert – sah man von den Elfenohren ab.

Nach wenigen Minuten bemerkte er, dass sie nicht einfach ziellos durch das Dickicht streiften. Das hier war ein Pfad. Als Mensch hätte er das niemals erkannt, doch es gab winzige Details, die es seinen neuen Sinnen verrieten. Da waren Gerüche von Katzen, Abdrücke von Krallen, eingeritzte Symbole in den Baumstämmen.

»Das ist ein Weg«, sagte Ella, der es im gleichen Augenblick aufgefallen sein musste.

»Richtig«, bestätigte Punchy. »Es ist ein Pfad, der für Besucher angelegt wurde. Katzen aus anderen Clans, die das Gebiet betreten. Bevor sie der Clansherrin nicht ihre Aufwartung gemacht haben, sollten sie es tunlichst vermeiden, den Weg zu verlassen. Das wäre eine große Beleidigung.«

Lukas wurde bewusst, wie leicht sie als Besucher gegen Regeln verstoßen konnten, von denen sie gar nicht wussten, dass diese existierten. Ohne Punchy wäre das alles viel schwieriger gewesen. Doch Felicitas' Beschützerin führte sie zielsicher durch den unbekannten wilden Flüsterwald.

In Gedanken fragte sich Lukas, wie wohl all die anderen Wälder aussehen mochten? Er erinnerte sich an die Seelen der Wälder, die er im Wissensbassin des Chronisten wahrgenommen hatte. Was für ein Wald gehörte wohl zur Seele, die sich als Lagune gezeigt hatte? Und wie sah der Wald aus, dessen Seele die Form eines großen roten Felsens hatte? Er wollte sie alle sehen und kennenlernen!

»Aber als Abgesandten des Herzens würde man uns doch bestimmt nichts tun?«, fragte Rani vorsichtig.

Der Menok fühlte sich für Lukas wie eine pelzige Erweiterung seines Körpers an, die sich an seinen Rücken presste.

»Wenn wir unsere Tattoos vorzeigen, wohl nicht«, erwiderte Punchy. »Doch dazu müssten wir erst mal die Gelegenheit bekommen. Außerhalb des Pfades gibt es Fallen, die uns festsetzen könnten. Und dort kämen wir erst wieder heraus, wenn uns eine Katze des Donnertalclans befreien würde.«

»Oh ja, es ist schon ärgerlich, in so eine Falle zu geraten«, sagte Lukas. »Ist mir auch schon mal passiert.«

»Das war etwas anderes«, entgegnete Rani, der sofort wusste, worauf Lukas anspielte. »Damals ging es um deine drei Wünsche. Es war also sinnvoll, dich einzusperren. Aber jetzt bist du ja leer gewünscht. Hoffentlich ist das den Katzen klar. Kannst du ihnen sagen, dass Lukas nutzlos ist, Punchy?«

Glücklicherweise dachte Pedora Ulinde Naftet von Chibalka nicht einmal daran, diesen Vorschlag mit einer Antwort zu würdigen.

Sie übersprangen einen Bach, schlüpften zwischen einer Wand aus Büschen hindurch und kletterten einen Baum hinauf. Hier ging es dicht unter dem Blätterdach weiter. Punchy passte den Weg allerdings leicht an und achtete darauf, dass die Äste auch das schwere Gewicht von Lukas und Ella tragen konnten.

Vor Lukas breiteten sich völlig neue Wege aus, die vom Boden aus nicht zu erkennen gewesen waren. Ein Geflecht aus Stegen, die lediglich von Tieren genutzt werden konnten, die in dieser Höhe beheimatet waren.

»Wir Menoks gehören unter die Erde«, rief Rani. »Das hier ist schon sehr weit oben.«

Lukas linste kurz in die Tiefe. Es waren gut zwanzig Meter bis zum Grund, doch das störte ihn keinen Augenblick. Sein Körper verlieh ihm Sicherheit. In seiner menschlichen Gestalt hätte er sich bestimmt sehr gefürchtet.

In einigen Baumstämmen gab es Aussparungen, kleine Höhlen, die mit Kissen ausgelegt waren.

Auf Lukas' Frage hin erklärte Punchy: »Katzen kehren nicht jeden Tag zu ihrem Clan zurück. Manchmal streifen sie auch viele Tage durch das Gebiet. Deshalb gibt es überall die Schlafhöhlen, in denen sie tagsüber ausruhen können.«

Sie waren erst wenige Minuten unterwegs, als Lukas seine pelzige Stirn runzelte. »Der Pfad ist bald zu Ende. Woher weiß ich das?«

»Die Geruchsmarkierungen werden schwächer«, erklärte Punchy. »Sie sind am Ausgangspunkt nur gering vorhanden, werden dann langsam stärker und fallen wieder ab. Auf diese Art bemerkt der Benutzer automatisch, wenn das Ende näher kommt.«

Eine gänzlich neue Welt offenbarte sich Lukas, weit mehr,

als er sich je hätte erträumen lassen. Das hier war nicht einfach ein anderer Wald. Er zeigte ihnen seine Eigenheiten, Gefahren und Abenteuer.

»Dort vorne ist das Ende des Pfades, gleich sind wir da«, verkündete Punchy.

Dieses Mal erkannte Lukas die Anordnung der Äste, sie wirkten wie eine Treppe nach unten. Vor der Verwandlung hätte er das niemals bemerkt, doch jetzt wurde ihm die Struktur sofort klar. Sie erreichten gemeinsam den Erdboden.

»Hier solltet ihr euch wieder zurückverwandeln«, sagte Punchy. »Damit die Katzen jeden in seiner wahren Gestalt erkennen können.«

Lukas wäre am liebsten eine Pantherkatze geblieben, sah jedoch ein, dass das hier ein erstes Zusammentreffen war. Und schließlich war er ein Mensch. Mit einem Stupser löste er die Holzkrallen von seinen Tatzen.

Wieder breitete sich das Kitzeln aus, die Umgebung veränderte sich, Gerüche verblassten. Kurz darauf kauerte er auf allen vieren am Boden. Rani hatte sich von seinem Rücken katapultiert.

»Das war soooo toll!«, rief Felicitas und vollführte einen Looping. »Wie in einer Loopingbahn im Elfenpark.«

Auch Ella nahm wieder ihre normale Gestalt an. »Auf dem Rückweg machen wir das noch mal.«

»Oh ja!«, freute sich Felicitas.

»Wenn es sein muss«, grummelte Rani.

Nur noch ein schmaler Streifen Sträucher trennte sie vom Clan des Donnertals. Punchy schlüpfte bereits hindurch und Lukas beeilte sich, der Katze zu folgen. Die Äste zerkratzten sein Gesicht. Nachdem er sich gerade als Pantherkatze fortbewegt hatte, fühlte er sich nun schwerfällig und plump. Die Katzen mit ihren feinen Sinnesorganen mussten längst wissen, dass sie kamen, daran bestand kein Zweifel.

Beinahe wäre er auf der anderen Seite des Busches über Punchy gestolpert, die dort stehen geblieben war. Bevor es zu einer Kettenreaktion kommen konnte, sprang er beiseite. Ella kam leicht versetzt heraus, Felicitas in der Luft. Rani spuckte ein paar Blätter aus, nachdem er sich ebenfalls durch die Sträucher gekämpft hatte.

Nebeneinander standen sie am Eingang des Donnertals, während Blitze über das Firmament zuckten. Der auffrischende Wind blies Lukas ins Gesicht, ließ seine Haare wirbeln.

Er hatte jedoch nur Augen für das, was vor ihm lag. Das ganze Tal war voll mit Katzen. Doch anstatt sich kraftvoll oder anmutig zu verhalten, verharrten sie wie eingefroren mitten in der Bewegung. Die Katzen, die sich ihnen im

Tal präsentierten, waren keine lebendigen Geschöpfe aus Fleisch und Blut. Sie alle waren zu Stein erstarrt.

»Was ist hier passiert?«, hauchte Ella.

»Etwas Schreckliches!«, war Lukas sich sicher.

»Ich kann niemanden hören«, sagte Punchy heiser. »Da ist keine Bewegung, kein frischer Geruch. Alles ist erstarrt.«

Das Dorf des Donnertalclans wirkte wie ein Stillleben aus Stein, das ein Künstler für die Ewigkeit gefertigt hatte. Es war voller Detailreichtum, doch gänzlich ohne Leben.

Das Tatzensiegel

Sie betraten schweigend das Dorf.

»Ich kann nichts erspüren.« Felicitas schwebte vor einer der versteinerten Katzen. »Da ist kein Funke Magie.«

»Der Angriff muss blitzschnell erfolgt sein«, sagte Punchy. »Andernfalls hätte der Clan sich sicher wehren können. Auf dem eigenen Gebiet hat jede Gemeinschaft Sicherungen gegen magische Attacken eingewoben.«

»Dann ist das wohl die Gefahr, vor der die Besucherkatze geflohen ist«, schloss Lukas.

»Und nach dem, was wir von der bösen Zauberin erfahren haben, hat sie etwas damit zu tun. Vermutlich ist sie dafür verantwortlich«, sagte Ella. »Aber wie hat sie das gemacht? Und vor allem, was hat sie vor?«

Keiner von ihnen kannte die Antwort.

»Ich nehme einen vertrauten Schimmer wahr«, sagte Punchy und pirschte weiter durch das Dorf. »Kommt mit. Ich führe euch zur Behausung unserer Besucherkatze.«

Das Katzendorf bestand aus einem Zusammenschluss von Bäumen. Diese besaßen jedoch keine Borke mehr, lediglich das nackte Holz war übrig geblieben. Auch verfügten die Bäume über keine dünnen Zweige oder Blätter mehr. Stattdessen waren ihre Äste dicht untereinander verschlungen. Das verflochtene Holz wirkte, als habe jemand Hunderte von Kratzbäumen miteinander verschmolzen. Es gab immer wieder Höhlen zwischen den Holzauswüchsen, die mit flauschigen Kissen ausgelegt waren. Daneben hingen kleine Schildchen, auf denen der Name der darin lebenden Katze stand. Darunter stets ein Tatzenabdruck.

Die Behausungen liefen alle fächerförmig auf einen zentralen Platz zu, wo ein einzelner Behausungsbaum stand.

»Hier wohnt die Clansherrin«, erklärte Punchy.

Ein Blick in den ausgehöhlten Bereich im Baum genügte. Auch sie war versteinert worden. Lukas wunderte das nicht. Die Zauberin hatte niemanden verschont – er ging fest davon aus, dass sie dahintersteckte, schließlich hatte sie die Warnung ausgesprochen.

»Das ist gruselig«, flüsterte Ella. »Ich erwarte ständig, dass eine der Katzen auf uns losgeht.«

Rani tippelte vorsichtig zwischen ihnen entlang und achtete sorgfältig darauf, immer jemanden an seiner Seite zu haben. Ängstlich sah er sich um.

»Magst du vielleicht auf meiner Schulter sitzen«, bot Lukas an.

»Damit du nicht so viel Angst hast?«, fragte Rani.

Lukas grinste innerlich. Der Winzling konnte einfach nicht zugeben, dass er sich fürchtete. »Genau deshalb.«

Rani kletterte flink an ihm empor und sank aufatmend auf seine rechte Schulter. »Ich passe auf dich auf.«

Unweigerlich fragte sich Lukas, was geschehen würde, wenn die Zauberin sie hier ebenfalls in Stein verwandelte. Niemand sonst außer Ella und ihm konnte die Blinzelbahn zu den fernen Wäldern öffnen. Also würde auch niemand hierherreisen und nach ihnen suchen können. Sie wären verloren, bis das Herz einen anderen Weg gefunden hätte, hierherzukommen.

Zwischen den Katzenbehausungen, die sich um den zentralen Platz reihten, waren überall kleine Trinkbrunnen aufgestellt: Becken aus Stein, aus deren Mitte ein stetiger Strom aus Wasser schoss und in den Rillen am Rand wieder verschwand.

»Die älteren Katzen des Clans wohnen näher bei der Clansherrin«, erklärte Punchy. »Sie haben ein hohes Ansehen, weil sie durch ihr Alter auch Weisheit angesammelt haben. So haben sie es nicht weit zu den Trinkbrunnen. Die Jüngeren wohnen weiter draußen und können aufgrund ihrer Jugend längere Wege zurücklegen.«

Sie überquerten den zentralen Platz und ließen die Behausung der Clansherrin gerade hinter sich, als Punchy plötzlich ganz in der Nähe der Trinkbrunnen bei einem Baum stehen blieb. »Hier wohnt normalerweise die Besucherkatze.«

»Oh, ist sie denn schon so alt?«, fragte Felicitas.

Punchy maunzte ein Nein. »Das hier ist die Katzenhöhle eines Botschafters.« Mit einem schnellen Sprung war sie beim Eingang im Baum und huschte hinein.

Felicitas und Rani folgten ihr. Die Elfe bot zwar an, Lukas und Ella zu verkleinern, doch beide verzichteten. Stattdessen hielten sie den Freunden den Rücken frei. Nicht auszudenken, was geschehen würde, wenn die Zauberin sie ausgerechnet in dem Moment angriff, in dem sie winzig waren.

»Das ist aber ein schöner Kamm, findet ihr nicht?« Rani kam zurück zum Eingang gehoppelt und kämmte sein Fell mit etwas, das wie eine flache Gabel aussah.

»Das ist ein Flohkamm«, sagte Punchy.

Rani gefror in der Bewegung. »Was?!« Der Kamm flog im hohen Bogen davon. »Hat sie ›Floh‹ gesagt?« Panisch suchte er sein Fell ab. »Ich glaube, es juckt schon überall. Lukas, siehst du irgendwo einen Floh?«

»Äh, nein.« Wie auch, die waren sowieso zu klein, um sie mit bloßem Auge im Fell erkennen zu können. »Aber Moment, da ist tatsächlich was.« Er beugte sich mit gerunzelter Stirn über Rani. »Das sieht aus wie ein … Pickel?«

»Du irrst dich, da ist kein Pickel.«

»Aber …«, setzte Lukas an.

Doch Ella schüttelte wild den Kopf. Eine weitere Diskussion benötigten sie wirklich nicht.

»Du hast recht, das ist kein Pickel.«

»Aber bestimmt ein Floh. Oder zwei. Wir müssen das Abenteuer abbrechen«, sagte Rani. »Ich brauche sofort einen Enflohungszauber, sicher ist sicher. Kani hatte mal welche und danach war sein Fell nie wieder so glänzend wie zuvor.«

»Du hast keine Flöhe«, sagte Lukas.

»Woher willst du das wissen?« Rani stemmte die Pfoten in die Seite.

»Weil wir Menschen das sofort merken würden«, erklärte Ella.

»Oh, das könnt ihr?« Schon lag das Büchlein wieder in seiner Hand und er notierte.

Leise sagte Ella aus dem Mundwinkel zu Lukas: »Na ja, uns würde es auch jucken, deshalb würden wir es merken.«

Glücklicherweise kehrte in diesem Augenblick Punchy wieder zurück. In ihrem Maul trug sie ein eingerolltes Pergament.

Felicitas kam ebenfalls herbeigeschossen. »Wir haben etwas gefunden!«

Punchy ließ sich auf ihre Hinterpfoten nieder, nahm die Rolle in ihre Vorderpfoten und entrollte sie. »Das hier ist ein Pergament aus dem Palast der Königin des Katzenwaldes. Es ist die Ernennung der Katze Miraso Tchalew von Itzi aus dem Donnertal zu einer Botschafterkatze am Königshof. Damit genießt sie unbegrenzten Zugang und besitzt sogar einen Schattenportalstein.«

In Gedanken machte Lukas aus Miraso Tchalew von Itzi einfach Mitchi. »Was ist ein Schattenportalstein?«

»Katzen gehen gewöhnlich zu Fuß oder laufen durch die Katzenlinien, um ferne Punkte zu erreichen. Ein Schattenportalstein ist ebenfalls für die Benutzung der Katzenlinien gedacht – hier wird derjenige allerdings durch die Katzenlinien teleportiert. Von einer Sekunde zur nächsten steht der- oder diejenige am Ziel. Und weil es ein besonderer Stein ist, kann er sogar jede Schutzbarriere des Palastes durchdringen.«

Lukas fühlte einen kalten Schauer seinen Rücken herabrinnen. »Du glaubst, die Zauberin hatte es auf den Schattenportalstein abgesehen. Und beim Kampf wurde Mitchi … äh Miraso Tschalew von Itzi verletzt.«

»Mitchi finde ich gut«, warf Ella ein.

»Das würde erklären, warum die Katze verletzt war, als sie bei uns eintraf«, sagte Punchy. »Doch warum hat die fremde Zauberin sie nicht einfach versteinert? Irgendwie muss es Mitchi gelungen sein, gerade noch rechtzeitig zu fliehen.«

Durch die Katzenlinien hindurch, die zu diesem Zeitpunkt bereits immer stärker verfallen waren. Doch die Katze hatte den Flüsterwald noch erreicht, ergänzte Lukas in Gedanken Punchys Feststellung.

»Kann es sein, dass die fremde Zauberin den Schattenportalstein an sich bringen wollte, um in den Königspalast vorzudringen?«, fragte Ella und spürte ein Frösteln am Körper.

Die anderen sahen sich ratlos an, während ihr Unbehagen immer mehr wuchs.

Falls Ellas Theorie zutraf, ließ das Schlimmes für den

Palast erahnen. Hatte die Königskatze das Verhängnis erkannt und sich zur Wehr setzen können oder …? Nein, daran wollte Lukas gar nicht denken.

»Wir müssen zum Palast«, sagte Punchy.

In ihren Worten konnte Lukas die Angst vor dem heraushören, was sie möglicherweise vorfinden würden.

Der Katzenpalast

Bevor sie zum Palast aufbrachen, suchten sie die Behausung der Botschafterkatze noch einmal gründlich nach dem Schattenportalstein ab. Doch sie konnten ihn nirgendwo finden. Kurzerhand streiften Lukas und Ella erneut die Pantherkrallen über, dann machten sie sich auf den Weg zum Königspalast.

Fast war Lukas froh darüber, dass sie dieses Ziel so zügig ansteuern mussten. Dadurch konnte er erneut die Kraft und Schnelligkeit seines magisch veränderten Körpers genießen. Die Reise verlief ereignislos und bereits eine Stunde später erreichten sie den Palast der Katzenkönigin.

Vor ihnen ragte ein Gebäude in Form einer riesigen Katze auf, die auf dem Bauch ruhte und all ihre Beine angewinkelt hatte. Ringsum standen kleinere Gebäude, die die gleiche Grundform aufwiesen. Durch gläserne Stege mit goldenen Ornamenten waren sie miteinander verbunden. Obgleich Stein als Baumaterial vorherrschte, wirkten die Bauten luftig und filigran. Zugleich erinnerten sie Lukas an Ägypten, denn auch dort gab es Statuen der Katzengöttin Bastet – das wusste er aus einem Bildband aus dem Regal seiner Eltern. Der Eingang zum Königspalast lag verborgen zwischen hohen Säulen, die ein spitz zulaufendes Dach trugen. Die Außenseite bestand aus in den Stein gehauenen Skulpturen, die Szenen mit Katzen darstellten.

»Hier werden Auszüge aus der Geschichte dieses Katzenwaldes dargestellt«, erklärte Punchy.

Es war ihr anzumerken, dass die Eile sie trieb. Die Erklärung war beiläufig erklungen und sie sprang bereits geschmeidig durch den Eingang.

Lukas und Ella stupsten ihre Katzenkrallen weg und nahmen wieder ihre menschliche Form an.

Obgleich Katzen ja kleiner waren als Menschen, war der Torbogen gewaltig, genau wie das Innere. Staunend setzte Lukas den ersten Schritt in den Palast. Der Gang verlor sich in der Dunkelheit, Fackelhalterungen ragten aus der Wand, aber am Ende befand sich kein Docht. Stattdessen schwebten Glaskugeln über der breiten Fläche. Das Ganze sah aus wie eine Eiswaffel, auf die jemand eine Kugel durchsichtigen Eises gesetzt hatte.

Punchy sagte: »Lux.«

Nacheinander erstrahlten die Kugeln und entrissen feine Gravuren der Dunkelheit, deren Linien mit Gold gefüllt waren.

»Wenn das mein Pa sehen könnte«, hauchte Lukas. »Er war mal ein totaler Reise-Fan. Ist über die ganze Welt getourt. Ägypten war auch dabei.«

»Wie hast du das gemacht?«, fragte Felicitas Punchy. »Kannst du zaubern? Hast du das ebenfalls geheim gehalten?« In ihrer Stimme war ein leiser Vorwurf zu vernehmen.

»Die Magie ist in den Stein des Palastes gewoben«, erklärte Punchy. »Der alte Palast war die Keimzelle dieses Flüsterwaldes, doch er war roh und ungeformt. In einem der Erbfolge-Kämpfe, die nach der Übersiedlung in den Katzenwald stattfanden, wurde er zerstört und im Anschluss dieser neue Palast erschaffen. Als gemeinsames Projekt aller Clans, die die Waffen niederlegten und sich neu vereinigten unter einer Königin. Zauber, die von ihr hinterlegt werden, können hier von jeder Katze genutzt werden. Es ist wie ein Lichtschalter bei euch daheim, Lukas und Ella. Wer den Raum betritt, kann darauf drücken. Allerdings sollten hier Wachen stehen, das ist seltsam.«

Punchy huschte durch den Gang und Lukas blieb keine Zeit, all diese Wunder noch eingehender zu betrachten. Er rannte gemeinsam mit den anderen Punchy hinterher. Es gab Treppenstufen, ausladende Galerien und noch mehr Treppenstufen. Am Ende erreichten sie eine zweiflügelige Tür, die blau und rotgold bemalt war.

Punchy verneigte sich davor und sagte: »Deine getreue Dienerin, Pedora Ulinde Naftet von Chibalka, erbittet Einlass.«

Ein Rumpeln erklang, Staub wirbelte durch einen dünnen Spalt. Die Türflügel öffneten sich nach innen. Vor ihnen breitete sich ein gewaltiger Thronsaal aus, genau wie Lukas ihn sich vorgestellt hatte.

Glaskugeln unter der Decke erstrahlten in einem leuchtenden Licht und erhellten das Innere des Raumes. Gegenüber der Tür, am anderen Ende, stand ein Podest. Darauf lag ein rotes Samtkissen von der Größe eines Autos. Von der Eingangstür bis zum Kissenthron erstreckte sich ein roter Teppich. Doch das war es nicht, was Lukas zusammenzucken ließ. Der ganze Raum war voller Katzen – doch wie bereits im Donnertal waren auch hier alle versteinert.

»Oh nein!« Niedergeschlagen flog Felicitas in die Höhe.

Eine der versteinerten Katzen war so groß wie Lukas' Vater. Und obgleich auch sie eine Statue war, konnte er die erhabene Ausstrahlung spüren, die selbst jetzt noch von ihr ausging. Sie saß erhobenen Hauptes auf ihrem Thron.

»Meine Königin.« Punchy raste zu ihr.

Lukas und Ella folgten ihr so schnell wie möglich, brauchten als Menschen aber deutlich länger. Rani flitzte drauflos und Felicitas nahm kurzerhand die Luftlinie.

Die Königin saß hoch aufragend vor einer würfelartigen Apparatur aus Holz, Glas und Gold, die Lukas bis zur Hüfte reichte. Er konnte Zahnräder im Inneren erkennen, magische Funken flogen umher. Und an der Seite …

»Seht mal, das sieht aus wie der Meisterschlüssel«, sagte er. »Wieso steckt er in diesem Gerät?«

Ella ging neben der Apparatur in die Knie. »Das hier wurde auf jeden Fall vor langer Zeit gebaut, einige Metallteile sehen rostig aus.«

»Es stammt von den Blinzelbahn-Ingenieuren«, sagte Punchy. »Ihr Geruch haftet daran, ich erkenne ihn wieder. Vermutlich passt deshalb der Schlüssel. Aber welche Funktion hat diese Apparatur?«

Rani begutachtete das Gerät. »Dieser Schimmer hier ist der gleiche, den ich auch in der Blinzelbahn stets bemerke, wenn sie uns transportiert. Es ist dieselbe Art von Magie.«

»Seht mal, kann es sein, dass die Königskatze das Gerät zerstören wollte?«, sagte Ella.

Erst jetzt registrierte Lukas, dass die Katzenkönigin nicht einfach so auf ihrem Thron saß. Sie hatte ihre rechte Tatze zum Schlag erhoben und sah tatsächlich so aus, als wollte sie die Apparatur zerstören, falls sie nicht erst später an diese Stelle gestellt worden war.

»Wenn unsere Vermutung stimmt, muss sie sie als Gefahr betrachtet haben«, sagte Lukas. »Eine magische Gefahr. Und das lässt für mich nur einen Schluss zu …«

Ella nickte. »Der unheimliche Versteinerungszauber geht von dieser Apparatur aus.«

Sie hatten die Quelle des Problems offensichtlich gefunden. Doch Lukas hatte keine Ahnung, was es überhaupt für eine Apparatur war. Wie funktionierte sie, ließ sie sich abschalten? Und woher kam sie?

»Ziehen wir einfach den Schlüssel.« Ella streckte die Finger aus.

»Nein!«, riefen Rani und Felicitas gleichzeitig.

»Die Magie ist überall an dem Apparat«, sagte der Menok. »Ich kann sie riechen.«

Sie wussten mittlerweile, dass der Menok einen überaus scharfen Sinn für Magie hatte – oder gleich mehrere. So hatte er Lukas bei seinem allerersten Abenteuer auch zielsicher zum Bau der Bolde geführt.

»Und als deine Hand sich dem Ding näherte, ist die Magie stärker geworden«, sagte Felicitas. »Ich glaube, das hätte dich auch versteinert.«

»Aber was machen wir dann?«, fragte Lukas.

Ein Fauchen erklang und hallte durch die Gänge wider. »Darüber braucht ihr euch keine Gedanken mehr zu machen.« Der Schatten einer Katze war hoch über ihnen auf einer Galerie aufgetaucht. Ihre Stimme klang böse. »Ich hatte gehofft, dass ihr die Apparatur einfach berührt. So hätte ich meiner Herrin eure steinernen Statuen präsentieren können. Aber dann eben auf die harte Tour. In wenigen Augenblicken werden wir euch überwältigen und ebenfalls versteinern. Dann könnt ihr uns nicht mehr aufhalten.« Die Katze fauchte.

Im gleichen Augenblick waberten die Schatten.

Und Hunderte Angreiferkatzen sprangen daraus hervor.

Attacke der Angreiferkatzen

»Sie haben uns den Rückweg abgeschnitten«, rief Felicitas und schwebte hoch in die Luft, bis sie sich auf gleicher Höhe mit der fremden Katze auf der Galerie befand.

Schon mehrere Male waren Lukas und seine Freunde mit den Angreiferkatzen aneinandergeraten. Das erste Mal auf dem Speicher des Herrenhauses und später im Flüsterwald beim Kampf um den Meisterschlüssel und Ellas Verschmelzung. Dabei hatten sie festgestellt, dass die Katzen mit ihrem verklebten Fell und den trüben Augen nicht nur verwahrlost wirkten. Sie konnten auch nicht sprechen. Zumindest nicht in Menschensprache, so wie es Punchy und all die anderen Katzen im Flüsterwald normalerweise vermochten. Lediglich über Fauchlaute konnten sich diese

Katzen verständigen und Punchy hatte bei den letzten Malen übersetzen müssen.

Doch die Angreiferkatze auf der Galerie war offensichtlich anders, sie beherrschte die Menschensprache.

Mit einem gewaltigen Satz sprang sie auf Felicitas zu. Lukas stieß eine Warnung aus, doch die kam zu spät. Krallen blitzten auf. Ein Schrei erklang. Die Elfe versuchte auszuweichen, aber der Hieb streifte sie … Zum Glück, ohne eine Spur zu hinterlassen. Lukas erinnerte sich wieder an den Schutz, der in das Kleid der Elfe eingewoben worden war. Königssilber.

Die Katze landete knurrend auf dem Boden. Ja, es war ein richtig gefährliches, tiefes Knurren. Auch ihr Fell war verklebt, doch die Augen blitzten wütend auf, die Muskeln bewegten sich geschmeidig. »Ihr habt euch vorbereitet.«

Wieso konnte sie sprechen?

Rani hatte sich ebenfalls zur Verteidigung gerüstet und schoss nun Schlafpulverkugeln mit seiner Schleuder ab. Sie verpufften auf der Schnauze besonders naher Angreiferkatzen, woraufhin diese umfielen und sofort einschliefen.

Gleich drei Angreifer wandten sich Lukas zu. Schnell zog er sich die Pantherkatzenkrallen über und krümmte den Körper. Als seine Hände auf dem Boden aufkamen, waren sie bereits Pfoten. Mit schnellen Hieben fegte er die Gegner beiseite, er war viel größer und stärker. Leider brachte ihnen das nicht den erhofften Vorteil, denn Lukas und seine Freunde waren deutlich in der Unterzahl.

Felicitas ließ Elfenstaub flirren. Auf den Galerien setzten Angreiferkatzen gerade zum Sprung an, als das Gestein unter ihren Tatzen zerbarst.

»Das war super«, rief Ella, die mittlerweile ebenfalls wieder zu einer Pantherkatze geworden war.

»Äh, eigentlich wollte ich die Katzen in der Luft schweben lassen.« Felicitas zuckte mit den Schultern. »Aber so geht es natürlich auch.«

Die Angreiferkatzen purzelten auf den Boden, kamen jedoch sofort wieder in die Höhe. Aus den Schatten der Katzenlinien sprangen weitere Angreifer hervor. Ihr Auftauchen erfolgte wie ein stetiger Strom.

Punchy schlug wild um sich. »Hört auf. Wie könnt ihr das nur tun? Wir Katzen bekämpfen uns doch schon lange nicht mehr. Was ist los mit euch? Ihr müsstet die Königin beschützen.«

»Du weißt so wenig, Pedora Ulinde Naftet von Chibalka«, sagte die sprechende Angreiferkatze gehässig. »Diese Katzen dienen einer anderen Herrin.«

»Wer bist du?«

»Du kannst mich Zottelfell nennen«, erwiderte die Katze. »Ein Name ist so gut wie jeder andere.«

»Namen sind kostbar, sie sind Teil der Seele.«

»Dann ist es ja gut, dass mir meiner egal ist.« Zottelfell fauchte. »Schnappt sie euch! Verteidigt die Schöpfungsapparatur!«

»Ihr habt alle Katzen versteinert, warum?«, fragte Punchy und sprang gleichzeitig über eine der Angreiferkatzen hinweg.

»Ich werde dir sicher nicht verraten, was hier wirklich vor sich geht.« Zottelfell schritt gemütlich zwischen den Kämpfenden hindurch, als gehe ihn all das überhaupt nichts an.

Rani hatte tapfer seine Schlafpulverkugeln verschossen, doch jetzt kam er in Bedrängnis. Um sich zu schützen, musste er an einer Säule hinaufklettern. Hier verbarg er sich hinter einer der Katzenstatuen – einer Originalstatue, keiner Katze, die verzaubert worden war. Von oben schoss er weiter Kugeln ab.

Ella schüttelte sich und warf eine besonders hartnäckige Angreiferin zur Seite, die auf ihren Rücken gesprungen war.

Lukas spürte einen stechenden Schmerz, als Krallen durch sein Fell drangen. Blut tropfte hervor. Er war verwundet.

»Lukas!«, rief Felicitas.

Elfenstaub wirbelte. Ein Knall erklang. Die Angreiferkatzen wurden davongefegt, Lukas leider ebenso. Er flog durch die Luft und knallte gegen eine der Säulen. Schmerz schoss durch seine linke Hand, gleichzeitig veränderte sich sein Körper. Mit einem Blick erkannte er, dass eine der Krallen abgebrochen war, am Stein zerschellt. Der Pantherzauber funktionierte nicht mehr. Schon war er wieder ein Mensch, sein Hoodie – welch eine Überraschung – zerrissen. Der Tatzenhieb hatte ihn an der rechten Schulter getroffen. Die Wunde war nicht tief, doch er spürte, dass unter seinen Klamotten Blut daraus hervordrang.

Ella schüttelte ihre Angreifer ab und war mit einem Satz neben ihm. »Die werden immer mehr.«

Bevor Lukas etwas erwidern konnte, war Zottelfell heran. Mit einem listigen Grinsen, das überraschend menschlich wirkte, schlug er auf Ellas linke Holzkralle. Er musste gesehen haben, dass die Pantherkatzenmagie von dort ausging. Der Hieb brach eine der Krallen ab. Sofort wurde auch Ella wieder zu einem Menschen.

»Zwei steinerne Statuen in Menschengestalt sind viel besser«, sagte Zottelfell süffisant. »Von Katzen haben wir bereits genug.«

Damit brachte er sich mit einem Sprung in Sicherheit

und überließ seinen Angreifern das Feld. Sie kamen näher, den Körper gebuckelt, fauchend.

»Ich habe fast keine Schlafpulverkugeln mehr«, rief Rani ängstlich von der Säule herunter. »Einige Katzen versuchen gerade, hier hochzukrabbeln.«

Immer mehr Angreiferkatzen sprangen auch von den versetzt angeordneten Galerien in die Luft, um Felicitas zu erwischen. Andere kletterten an Statuen empor. Es wurde mit jeder Sekunde gefährlicher.

»Wir müssen abhauen«, rief Ella.

»Die Kugel«, begriff Lukas sofort.

Der Professor hatte ihnen für den Notfall die Glaskugel mit dem Portalzauber gegeben. Schnell griff Ella in seinen Rucksack, zog sie heraus und warf sie gegen die Wand. Es waberte kurz, dann erschien ein milchig-trüber Durchgang. Was dahinterlag, konnte Lukas nicht erkennen.

Mit zusammengebissenen Zähnen kam er in die Höhe und drückte seine linke Hand gegen die rechte Schulter, um mit dem Stoff die Wunde zu verschließen.

»Geht's?«, fragte Ella.

»Muss. Schnell, wir müssen durch.«

Sie humpelten auf das Portal zu.

»Haltet sie auf!«, brüllte Zottelfell.

»Felicitas, hol Rani!«, rief Lukas.

Die Elfe setzte zu einem Looping an, schleuderte ihren magischen Staub auf den Menok und nahm ihn so mit einem unsichtbaren Zugstrahl auf. Immerhin funktionierte ihr Zauber dieses Mal reibungslos.

Sie verwandelte sich in einen Blitz, rauschte an Lukas und Ella vorbei und hinein in den magischen Schleier des Portals. Ein kurzes Schwapp-Geräusch erklang, beide Flüsterwäldler waren fort.

Punchy folgte dichtauf.

»Oh nein, ihr entkommt mir nicht!« Zottelfell warf sich nach vorne, verbiss sich in Lukas' Jeans und hielt ihn so fest.

Die anderen Katzen sprangen jetzt schnell heran. Wäre der Thronsaal nicht so groß gewesen, hätten sie sie längst erreicht.

»Verschwinde!«, rief Lukas Ella zu.

»Ja klar, weil ich so gern allein abhaue.« Sie packte Zottelfell an seinem Nacken, wie es auch Katzeneltern mit ihren Jungen taten. »Sei froh, dass wir in Eile sind.« Damit warf sie die Katze davon, die daraufhin haarscharf an der Apparatur mit dem Meisterschlüssel vorbeiflog.

Schon waren die anderen heran.

Ella packte Lukas am Arm. Sie machten einen Satz und gemeinsam sprangen sie durch das Fluchtportal. Es fühlte sich an wie das Durchschreiten eines hauchdünnen

Wasserfalls. Kaum waren sie auf der anderen Seite, erlosch hinter ihnen mit einem *Wusch* der Durchgang.

»Oh nein!«, sagte Ella.

Lukas konnte ihr da nur zustimmen.

Vom Regen in die Traufe

Kalter Wind peitschte Lukas ins Gesicht und ließ ihn prompt hintenüberstürzen. Wäre das Portal noch dort gewesen, wäre er wohl inmitten der Angreiferkatzen gelandet. Doch es war verschwunden.

So landete Lukas im Schnee.

Schnee?!

»Wo sind wir?« Ella blickte verdutzt in alle Richtungen.

Sie waren auf halber Höhe eines Berges gelandet, der vollständig von weißem Pulver bedeckt war. Der Schnee lag meterhoch und die Kälte drang bereits jetzt durch jedes Kleidungsstück.

»Ich lege einen Wärmeschutz um euch«, sagte Felicitas.

»Auf k… k… keinen F… Fall.« Selbst Rani zitterte, obwohl er durch sein Fell eigentlich recht gut gegen Kälte geschützt war.

»Ihr erfriert sonst.« Die Elfe wirkte bedrückt. »Vertraut mir, ich passe auf. Ich kann durch unsere Tattoos Magie hindurchleiten, dann wird euch warm. Sie fließt direkt in euren Körper.«

»Leg los!«, sagte Lukas bibbernd.

Er richtete sich wieder auf und umschlang zitternd mit den Armen seinen Oberkörper. Ella nickte ebenfalls zustimmend.

»Ich brauche keinen Zauber, Prinzessin«, sagte Punchy.

Elfenstaub flirrte und sofort fühlte Lukas eine angenehme Wärme, die von seinem Symbol auf dem Handgelenk ausging. Langsam entkrampften sich seine Muskeln. Selbst Rani kam nicht drum herum, sich bei Felicitas zu bedanken.

»Wo sind wir?«, fragte Ella erneut.

»Das hier ist das Schneegebirge. Hier leben die weißen Katzen«, erklärte Punchy. »Sie sind friedlich und leben im Einklang mit der Natur. Im Gegensatz zu uns anderen verfügen sie über keinerlei eigene Magie.«

»Und vermutlich sind sie ebenfalls alle versteinert«, sagte Lukas.

»Aber wir können in ihren Behausungen erst einmal

Unterschlupf finden und überlegen, wie wir nun vorgehen.« Ella zuckte mit den Schultern. »Etwas anderes bleibt uns im Moment auch gar nicht übrig.«

Auch die anderen stimmten zu, den Weg zu den Schneekatzen einzuschlagen. Schließlich war es erst einmal wichtig, einen Unterschlupf zu finden. Punchy sprang voraus, die anderen folgten ihr.

»Habt ihr das auch gehört?« Rani spitzte die Ohren. »Dieses Grummeln?«

»Vermutlich ist das mein Magen.« Lukas verspürte ein leichtes Hungergefühl. Er zog seinen Rucksack ab, packte eine Banane aus und begann zu essen. Er bot auch den anderen etwas an, doch die lehnten ab.

»Zottelfell war wirklich böse«, sagte Ella. »Ich wüsste nur zu gern, was dahintersteckt. Was hat die Katzen so verändert, dass sie uns angreifen?«

»Alles in Ordnung, Punchy?«, fragte Lukas.

»Das alles hätte niemals passieren dürfen«, erwiderte die Katze betrübt. »Die Königin und mindestens ein Großteil der Katzen dieses Waldes sind versteinert worden. Wenn nicht sogar alle.«

»Das ist wirklich böse. Ich will mir gar nicht vorstellen, wie ich mich fühlen würde, wenn das bei uns im Menok-Tal passiert wäre. Es tut mir sehr leid«, warf Rani ein. Kurz blieb er stehen und spitzte die Ohren. »Hört ihr wirklich nicht dieses Grummeln?«

»Die Frage ist, ob die Zauberin die Katzen versteinert, weil es ihr einfach nur Spaß macht«, überlegte Lukas laut, »oder ob sie in Wahrheit etwas ganz anderes vorhat. Etwas, das wir gerade noch nicht überblicken oder voraussehen können. Schließlich hat sie uns gegenüber von Plänen gesprochen.«

Ella seufzte missmutig. »Gute Frage. Aber was könnte sie nur vorhaben? Oder mag sie Katzen einfach nicht?«

Doch auch die anderen kamen zu keinem Ergebnis. Ihnen fehlten einfach noch zu viele Informationen. Doch diese seltsame Apparatur mit dem erbeuteten Meisterschlüssel schien in den Plänen der bösen Zauberin eine wichtige Rolle zu spielen.

»Wie weit ist das Gebiet der Schneekatzen denn entfernt?«, fragte Rani. »Ich habe keine Lust, stundenlang durch den Schnee zu stapfen.«

»Das ist kompliziert«, erklärte Punchy. »Sie …«

Der Berg grummelte.

»Und ihr hört wirklich nicht dieses Grummeln?«, fragte Rani erneut.

»Doch, jetzt habe ich es auch gehört«, sagte Lukas.

»Euer Gehör ist aber schlecht, wenn das so lange gedauert hat. Es war doch zuvor schon deutlich zu hören – nur leiser – und ist langsam lauter geworden. Und jetzt konnte ich sogar bemerken, dass da etwas auf uns zurollt.«

»Auf uns zurollt?«, echote Lukas.

»Ja, genau.« Rani stemmte die geballten Fäustchen in die Hüfte. »Jetzt bist du froh, dass ich dabei bin, richtig? Ohne mich hättest du es nämlich zu spät bemerkt.«

Ella blickte auf einen Punkt hinter Lukas und tippte ihm hektisch auf die Brust. »Da! Eine Lawine!«

Er fuhr herum.

Hoch über ihnen brauste eine weiße Wand aus Schnee heran, die alles auf ihrem Weg verschlang.

»Die Vibration des Portalzaubers muss den Schnee gelöst haben«, rief Felicitas. »Lauft!«

Hektisch rasten sie davon. Lukas wollte seinen Rucksack von der Schulter ziehen.

»Was tust du?«, rief Ella.

»Flugpulver«, gab er zurück.

»Nicht stehen bleiben!« Ella packte seinen Arm. »Weiter. Das mit dem Pulver schaffst du nicht mehr rechtzeitig.«

Felicitas versuchte, Elfenstaub über Rani, Punchy, Ella und Lukas zu werfen. Doch der Wind war so stark geworden, dass dieser davon geweht wurde. Gleichzeitig konnte die Elfe nicht tiefer gehen, denn die Lawine war fast heran.

»Flieg höher!«, brüllte Lukas.

Felicitas schien ihn zu hören. Sie sauste hinauf, streckte beide Arme aus und ließ erneut Elfenstaub flirren. Dieses Mal war dieser jedoch gegen die Lawine gerichtet.

Kurz riskierte Lukas einen Blick über die Schulter.

Sein Atem stockte. Vor einer gewaltigen Wand aus Schnee, die immer größer und mächtiger wurde, hing ein winziger Farbklecks in der Luft und stellte sich gegen das Unausweichliche. Felicitas stoppte die Lawine. Ein magisches Glühen flirrte um ihren Körper herum, während sie mit höchster Konzentration eine wabernde Energiewand vor die Schneemassen setzte. Doch es kam immer mehr nach.

»Schneller!«, rief Ella.

Rani hatte sich längst in einen bepelzten Blitz verwandelt. In der Ferne erreichte er einen Bereich mit Bäumen. Punchy folgte dichtauf.

Nur Ella und Lukas waren einfach zu langsam. Viel zu langsam. Hinter ihnen knirschte es. Es klang wie das Knacken von Eis auf einem zugefrorenen See. Risse erschienen im magischen Schutzwall.

Blöcke brachen aus Felicitas' Eniergiewand heraus und schon fiel der gesamte Schutzwall in sich zusammen. Ein Windstoß traf Felicitas und trieb sie davon. Die gesammelte Wucht des Schnees entlud sich, die Lawine schoss voran.

»Wir schaffen es nicht«, flüsterte Ella.

»Nein«, sagte Lukas, »wir schaffen es nicht.«

Er hatte keine Idee mehr. Kein Ass im Ärmel. Es gab nirgendwo Hilfe oder Magie. Und ihre Körper waren einfach nicht schnell genug. Mit den Pantherkatzenkrallen hätten sie es schaffen können, doch die waren zerstört.

Die Lawine war jetzt dicht hinter ihnen …

Lukas holte noch einmal Luft.

… dann war sie heran und verschlang Ella und ihn.

Unter dem Schnee

Es war reiner Instinkt.

Lukas packte Ellas Arm und die Todesangst, die ihn erfasste, entfesselte die Siegelmagie. Er konnte nicht einmal sagen, wie er es tat, doch es geschah. Ein Siegel baute sich auf und umhüllte sie beide wie eine schützende Blase.

Sie fielen zu Boden, es rumpelte noch kurz, dann herrschte Stille. Und dämmrige Dunkelheit, die nur von einem blauen Schimmer durchdrungen wurde.

»Bist du okay?«, fragte Lukas.

Ein schmerzhafter Laut erklang vom Boden. »Alles bestens. Wir haben in der Theater-AG gelernt, wie man sich beim Hinfallen abrollt.«

Lukas verdrehte die Augen, was im Dämmerlicht glücklicherweise nicht zu sehen war. »Sieht so aus, als hätte uns der Schnee komplett zugedeckt.«

»Wie hast du das gemacht?«, fragte Ella, die ihre Hand nach der Siegelblase ausstreckte.

»Ich habe keine Ahnung«, gab er zu. »Da war diese Todesangst in dem Augenblick, als der Schnee uns erreichte. Ich konnte die Siegelmagie in mir spüren.«

»Das ist ja mega«, hauchte Ella. »Du kannst nicht nur Siegel öffnen oder schließen, du kannst sie sogar erschaffen.«

»Auch wenn ich keine Ahnung habe, wie.«

»Egal.« Sie grinste breit. »Das ist toll. Oh, vielleicht lässt sich meine Meisterschlüssel-Magie auch noch anders einsetzen?«

»Ich bin für alles dankbar. Denn eines kann Siegelmagie nicht: Sauerstoff erzeugen. Wir haben nur das, was hier drinnen ist. Wenn wir nicht schnell genug rauskommen, werden wir ersticken.«

»Kannst du die Blase nicht einfach ausdehnen und den Schnee damit wegschaffen?«

Lukas durchdachte die Idee und fand sie gut. Er streckte seine Arme aus und konzentrierte sich. Doch das Gefühl stellte sich nicht wieder ein. Er konnte spüren, dass da etwas war, aber nicht darauf zugreifen. Es konnte die Blase nicht verändern. »Tut mir leid.«

»Rani!«, brüllte Ella. »Punchy! Felicitas!«

Stille.

»Dann müssen wir wohl warten, bis die anderen uns finden.« Ella zog eine Schnute. »Ich hasse es, mich auf andere verlassen zu müssen.«

Sie setzten sich beide einander zugewandt auf den Boden. Lukas spürte den sanften Druck des Siegels an seinem Rücken. Die Schutzblase maß von der einen zur anderen Seite gut drei Schritte.

»Wie kommt es eigentlich, dass du bei der Lesenacht ganz allein herumgesessen hast?« Lukas runzelte die Stirn. »Du stehst immer allein rum. Und in den Schulpausen kommst du zu mir.«

»Stört dich das etwa?« Ellas Stimme bekam einen verärgerten Unterton.

»Überhaupt nicht. Wir sind Freunde. Ich freue mich immer, wenn wir uns sehen.«

Ella starrte ihn eine Sekunde lang an, die Offenheit hatte sie wohl überrascht. »Das freut mich. Ich auch.« Sie wand sich ein wenig, rückte dann aber mit der Sprache heraus. »Es war manchmal schwierig, weißt du. Mein Vater hat uns verlassen, als ich noch ganz klein war. Deshalb führt meine Mutter das Café in Winterstein allein.«

»Das tut mir leid.« Lukas wollte sich gar nicht vorstellen,

dass sein Pa plötzlich gehen könnte. Bei Freunden in seiner alten Klasse war das aber öfter vorgekommen, dass nur noch die Mutter oder der Vater da waren.

»Ihm war Winterstein nicht groß genug, er wollte in eine große Stadt. Deshalb habe ich mich auch ziemlich oft bei meinem Großvater aufgehalten, weißt du?«

Lukas erinnerte sich noch genau an die Bilder, die er beim Auslesen des Buches gesehen hatte, das sich auf dem Speicher befunden hatte. Damals hatte der Bold es aus dem Haus stibitzt und bei der Reinigung in der magischen Flüsterwaldbibliothek war es von allen Gefühlen und Erinnerungen gereinigt worden. Dabei hatte er auch Ella erkannt, die sich im Pool eines Gartens aufgehalten hatte. Sie war noch deutlich jünger gewesen.

»Die Zeit bei meinem Großvater war wirklich schön für mich«, sagte sie. »Aber irgendwann ist mir aufgefallen, dass er jede Nacht verschwindet. Einmal habe ich mich auf die Lauer gelegt und gesehen, wie er sich mit Flüsterpulver bestreut. Und das habe ich dann einfach auch gemacht.« Sie lächelte versonnen. »Plötzlich konnte ich den Wald sehen. Mit all seinen Wesen, der Magie und den Abenteuern. Ich bin Großvater nachgeschlichen.«

»Oh, oh.«

»Das kannst du laut sagen. Er hat mit mir geschimpft.

Und das so heftig, dass Warks auf uns aufmerksam wurden. Das war eine ziemlich abenteuerliche Flucht. Danach wollte er mir verbieten, noch einmal das Pulver zu benutzen. Tja, ich habe immer einen Weg gefunden.«

Wenn Lukas eines definitiv wusste, dann dass Ella einen Dickkopf besaß. Nicht umsonst hatte sie jeden Abend Steine gegen die Barriere des Herrenhauses geworfen, bis diese verschwunden war und sie endlich wieder in den Flüsterwald reisen konnte. Er hätte es vermutlich genauso getan.

»Aber was hat das mit deinen Klassenkameraden und -kameradinnen zu tun?«, fragte er.

»Ich habe den Flüsterwald oft auch unter der Woche besucht«, erklärte Ella. »Dadurch war ich am nächsten Tag total müde. Ich habe immer gerade so die Schule hinbekommen, aber danach wollte ich einfach schlafen. Das hat irgendwie dazu geführt, dass ich keine Freundschaften geschlossen habe. Und jetzt ist es wohl zu spät.«

»Wie kommst du denn darauf?«

»Ich habe ein paar der anderen belauscht«, sagte sie frei heraus. »Sieht so aus, als wäre ich ihnen zu *wuchtig*. Kannst du dir das vorstellen?«

»Äh, keinesfalls.« Oh, er konnte.

»Was heißt das überhaupt: ›zu wuchtig‹?«

»Dickköpfig vielleicht?«, sagte er unschuldig.

»Aber das ist ja etwas Gutes. Oder willst du ständig tun, was andere dir sagen? Ohne einen eigenen Willen?«

Lukas musste zugeben, dass sie damit recht hatte. Ob Ella auch einen Debattierclub besuchte? Gewundert hätte es ihn nicht. Sie konnte gut mit Worten umgehen. »Und wie hat deine Mum die Trennung verkraftet?«

Ella atmete schwer aus. »Sie ist stark. Immerhin hat sie das Café aufgebaut. Und mit der Hilfe von Großvater kam sie ganz gut klar. Aber an manchen Abenden sitzt sie allein auf der Couch und sieht so müde aus. Früher hat sie sogar ab und an das Essen vergessen und ist direkt eingeschlafen. Seit sie Hilfe im Café hat, ist das etwas besser geworden. Das Geld ist auch nicht mehr so knapp.«

Lukas wusste, dass er Glück hatte, was das anging. Sowohl seine Mutter als auch sein Pa hatten einen Job. Wobei sich sein Pa ruhig eine andere Schule hätte suchen können, anstatt ausgerechnet die, auf die Lukas ging. Das war und blieb einfach peinlich.

Seine Mum hatte in der alten Stadt sehr erfolgreich Meditationskurse angeboten und erste Entwürfe für Bücher geschrieben. Hier in Winterstein ging es mit Kursen eher zögerlich los, deshalb hatte sie den Fokus auf das Schreiben gerichtet. Bisher rückte sie nicht so richtig damit heraus, worum es genau bei dem Thema ging, für das sie sich final entschieden hatte. Aber demnächst wollte sie es verkünden. Lukas war schon ganz gespannt.

Er hatte ihr ja geraten, ein Fantasybuch zu schreiben, aber da hatte sie nur abgewunken.

Gerade wollte Lukas Ella auch noch nach ihrer Großmutter fragen, von der er gar nichts wusste, als es über ihnen rumorte. Die Schneedecke wurde an einer Stelle der Blase dünner.

»Ich hab sie!«, rief Rani.

Im nächsten Augenblick schrie der Menok auf, das Siegel wurde durchlässig und er purzelte zu ihnen in die Blase hinein.

»Sieht so aus, als wolle das Siegel dich auch beschützen«, kommentierte Lukas trocken.

»Aber …« Rani blickte enttäuscht drein. »Ich wollte euch doch retten.«

Nun saßen sie alle drei in der Blase fest.

Siegelschutz

»Du hältst uns also gefangen, Lukas«, sagte Rani und deutete anklagend mit seinem Greifschwanz auf ihn.

»Aber unabsichtlich«, gab Lukas zurück. »Außerdem hat uns das Siegel gerettet.«

»Das spielt keine Rolle.« Jetzt stemmte der Menok auch seine Fäustchen in die Hüfte. »Das kannst du in Peras Vertrag über gemeinsames Wohnen nachlesen: Wenn wir einen Fehler machen, ist es grundsätzlich unsere Schuld.«

Lukas hätte zu gerne einen Blick in den Vertrag geworfen, den die gesamte Menok-Familie hatte gegenzeichnen müssen. Er schien Pera großzügige Freiheiten und Vorteile einzuräumen.

»Wenn du weiter so viel sprichst, wirst du nur Sauerstoff

verbrauchen«, sagte Ella zu Rani. »Sparen wir also, indem wir schweigen.«

»Ich bin klein«, erklärte Rani, »ich verbrauche nicht viel. Aber vielleicht solltet ihr lieber die Luft anhalten. Auf mein Kommando: 3 … 2 … 1 … jetzt.«

»Wir werden ganz sicher nicht die Luft anhalten«, stellte Ella klar.

»Dann solltet ihr wenigstens schweigen. In der Zwischenzeit kann ich euch ja ein paar Fragen für mein Buch stellen.«

Lukas stöhnte auf. »Um dir zu antworten, müssen wir doch sprechen.«

»Oh, das stimmt.« Rani grübelte. »Ich könnte Fragen stellen, die nur mit ›ja‹ oder ›nein‹ beantwortet werden. Und ihr haltet dann euren kleinen Finger nach oben oder unten.«

»Warum unseren kleinen Finger?«, fragte Lukas.

Rani seufzte. »Das weiß doch jeder, Finger nach oben ist das Zeichen für ›alles klar‹ und Finger nach unten für ›nichts ist klar‹.«

Lukas vermutete, dass es sich hier um das Gegenstück zum menschlichen Daumen handelte – mit dem man signalisierte, ob alles gut war oder nicht.

Rani hatte bereits sein Buch hervorgeholt, die Brille aufgesetzt und die Spitze des Stiftes schwebte über dem Papier. Angst schien er angesichts ihrer vertrackten Lage überhaupt nicht zu haben. »Ist es normal, dass du in gefährliche Situationen gerätst, aus denen ein großartiger Menok – ich nenne keinen Namen – dich retten muss, Lukas?« Rani linste über seine Brille hinweg.

Wie es schien, wollte er das Interview total unauffällig in eine bestimmte Richtung lenken.

»Das ist doch gar nicht …«

»Du musst das mit dem Finger anzeigen, damit wir nicht so viel Sauerstoff verlieren.«

Lukas stand kurz davor zu explodieren, was dem Sauerstoff eindeutig auch nicht gutgetan hätte. Dass Ella neben ihm alles tat, um nicht in Gelächter auszubrechen, half kein Stück. Er deutete mit dem Daumen nach unten.

Rani blinzelte nur abwartend.

Genervt zeigte Lukas mit dem kleinen Finger der rechten Hand gen Boden.

»… gesteht sich nicht ein, dass er Hilfe …«, murmelte Rani, »… wie schon zuvor beobachtet.«

»Schluss jetzt«, blaffte Lukas. »Oder ich lege ein Siegel um das Buch.«

Der Menok zuckte zusammen. »Das würdest du nicht tun.«

»Nicht absichtlich«, erklärte Lukas. »Aber du weißt ja, ich bin schusslig.«

Rani zog eine Schmollschnauze, verstaute Stift und Buch wieder in seiner Tasche und verschränkte die Arme.

Für diese wenigen Minuten hatten sie immerhin vergessen, in welch gefährlicher Situation sie sich befanden. Doch es änderte nichts daran, dass sie hier nicht mehr lange durchhalten würden. Lukas wusste, dass Menschen, die vom Schnee verschüttet wurden, so schnell es ging Hilfe benötigten. Helfer setzten normalerweise Suchhunde ein, um Lawinenopfer zu finden. Dann gruben sie Löcher, damit die Eingeschlossenen Luft bekamen. Erst danach wurden alle ausgegraben.

Erneut grummelte es irgendwo, der Berg zitterte.

»Noch eine Lawine?« Ellas Augen weiteten sich.

Lukas schluckte. »Hoffentlich nicht.« In Gedanken ging er den Inhalt des Rucksacks durch, doch nichts darin konnte ihnen in dieser Situation helfen. Den Schnee von unten mit Feuerpulver zu schmelzen, hätte sofort den gesamten Sauerstoff verbraucht und sie obendrein alle verkokelt.

Die nächste Erschütterung fand deutlich näher statt. Die Blase vibrierte.

»Das ist starke Magie«, sagte Rani. »Sie strahlt durch den Schnee hindurch.«

»Hast du Felicitas da oben gesehen?«, fragte Ella.

»Der Wind hatte sie weggetrieben«, entgegnete der Menok. »Sie hat ihre gesamte Magie eingesetzt, um die Lawine aufzuhalten. Dadurch konnten Punchy und ich uns zu den Bäumen retten, die sich außer Reichweite der Lawine befanden. Weil ich aber ein besserer Tunnelbuddler als Punchy bin, war es an mir, euch zu retten. Ich konnte ja nicht wissen, dass Lukas das sabotiert.«

»Ich habe nicht …«

»Ganz ruhig«, ging Ella dazwischen und legte Lukas die Hand auf die Schulter. »Ich habe übrigens gehört, dass sie ab kommender Woche eine Meditations-AG in der Schule anbieten wollen. Möchtest du vielleicht daran teilnehmen?«

»Danke, aber davon habe ich schon zu Hause genug.« Auf Ellas fragenden Blick hin ergänzte er: »Meine Mutter gibt Meditationskurse. Zu Hause in der alten Stadt waren ständig Gäste bei uns, da die Kurse im Wohnzimmer stattfanden.«

»Wirklich?« Ella wirkte interessiert.

Was so ziemlich das Gegenteil von dem war, was Lukas hatte erreichen wollen. Außerdem hatte er genug von irgendwelchen AGs.

Rani lauschte ihnen mit offenem Mund und sein Greifschwanz näherte sich dem Fellbeutel.

»Denk nicht mal daran!«, sagte Lukas.

»Ich bräuchte dringend einen magischen Diktierstein, das wäre für unsere Abenteuer sowieso besser«, sinnierte Rani.

Lukas sah ihm an, dass er bereits überlegte, wie er seinen Einfall umsetzen konnte.

»Punchy kann nicht viel tun, um uns zu retten«, meinte Ella. »Aber Felicitas wäre doch bestimmt in der Lage, uns hier herauszuholen.«

»Sie hat eine Menge Elfenstaub verbraucht.« Lukas war skeptisch. »Die Lawine aufzuhalten, hat sie bis ans Limit getrieben. Ich habe keine Ahnung, wie viel magische Kraft sie noch hat, es ist ja nur noch ein Teil der Magie in ihr geblieben, die zum Herz des Waldes gehört.«

»Aber wenn ich es richtig verstanden habe, besteht dadurch auch eine Verbindung zum Herzen«, sagte Ella.

»Hier im Katzenwald sicher nicht, bestimmt sind wir zu weit weg.«

Letztlich blieb ihnen nur die Hoffnung.

Die nicht enttäuscht wurde.

Das nächste Grollen erklang aus noch größerer Nähe und einen Moment später schoss in einem gewaltigen Wirbel der Schnee davon. Zuerst hoch in die Luft, dann in alle Richtungen. Als das feine Weiß sich verzog, schwebte Felicitas über ihnen. Sie ließ weiteren Elfenstaub flirren. Das Siegel erhob sich, glitt aus der Tiefe hervor und erwies sich als Kugel mit Boden.

Als sie den Grund berührten, erlosch es ganz von allein. Erst jetzt spürte Lukas, dass er die gesamte Zeit über angespannt gewesen war. Er hatte Angst gehabt. War es das, was das Siegel aufrechterhalten hatte?

Wenn ja, hatte er keine Ahnung, wie er die Siegelmagie in der Zukunft bewusst steuern konnte. Angst ließ sich schließlich nicht einfach so auf Knopfdruck Befehle erteilen.

»Geht es euch gut?«, fragte Felicitas.

»Dank dir, ja«, sagte Ella.

Staunend glitt die Elfe zu ihnen hinunter. »War das ein aus dir selbst heraus erschaffenes Siegel, Lukas?«

Er nickte. »Ich habe keine Ahnung, wie ich das gemacht habe.«

»Das ist ja toll. Jetzt bist du ein echter Magier«, hauchte sie.

»Vielleicht sollten wir das Herz des Waldes mal genauer befragen, was so ein Siegelwahrer alles kann«, schlug Ella vor.

Einstweilen war Lukas nur froh, dass er wieder frische, kalte Luft einatmen konnte.

»Wie hast du uns gefunden?«, fragte er.

Felicitas tippte auf das Tattoo an ihrem Handgelenk. »Ich kann dadurch nicht einfach nur Magie in euch strömen lassen wie vorhin beim Wärmezauber. Es besteht eine Verbindung zwischen uns, die mich zu euch geführt hat.«

Was nur logisch war, denn das Herz des Waldes konnte ihnen auf diese Art auch allen Nachrichten schicken.

Felicitas blinzelte irritiert, als ihr Blick über die Freunde wanderte. »Wo ist Punchy?«

Lukas sah sich um.

Pedora Ulinde Naftet von Chibalka war verschwunden.

Stürmische Winde

Der Schock erfasste sie alle gleichermaßen.

»Aber sie war doch bei den Bäumen, oder?«, fragte Lukas.

Rani nickte. »Ich habe sie gesehen und vorhin kurz mit ihr gesprochen.«

»Wo stand sie denn?«, wollte Ella wissen.

»Dort vorne neben den Bäumen«, erklärte der Menok. »Wo jetzt ein Teil des Berges fehlt.«

»Punchy!!!« Felicitas verwandelte sich in eine rasend schnelle Sternschnuppe. Lange vor den anderen erreichte sie die Stelle, auf die Rani gezeigt hatte.

Als Lukas dort ankam, blickte er entsetzt nach unten in den Abgrund. Es ging nicht einfach steil hinab, sondern senkrecht. Ein Teil des Berges hatte sich durch die Lawine einfach abgelöst.

»Punchy«, hauchte Felicitas.

»Kannst du sie noch über das Tattoo erspüren?«, fragte Ella.

Die Elfe lauschte in sich hinein, schüttelte schließlich den Kopf. »Da ist nichts mehr.«

In diesem Augenblick wurde Lukas schlagartig bewusst, was möglicherweise geschehen war. Gleichzeitig verbot er sich den Gedanken. »Punchy ist flink. Sie könnte der Gefahr ausgewichen sein und jetzt ist sie zu weit weg, als dass die Verbindung über das Tattoo noch funktionieren würde.«

Der Menok linste in den Abgrund. »Mit zu weit weg meinst du jetzt aber nicht ›dort unten‹?«

Felicitas schluchzte auf.

»Nein, Rani, ich meinte nicht dort unten!«, blaffte Lukas.

Irgendwann würde er sich mit dem Menok hinsetzen und ein wenig über Fingerspitzengefühl sprechen müssen. Oder in seinem Fall Tatzenspitzengefühl.

»Wir gehen sie einfach suchen«, sagte Ella. »Falls sie hier irgendwo ist, finden wir sie.«

Da außerdem der Wind auffrischte und Schnee herumwirbelte, war das für den Moment die beste Idee. Lukas bemerkte, dass er deutlich mehr Kälte spürte als zuvor in der Schutzblase.

»Ich habe viel Magie aufgebraucht, um die Lawine aufzuhalten«, erklärte Felicitas. »Und dann noch mal, um den Schnee über euch zu verpulvern. Es ist nicht mehr viel davon übrig.«

Sie stapften durch Wirbel aus weißem Pulver zwischen den Bäumen hindurch. Nur Minuten vergingen und aus dem Wind wurde ein Sturm. Die Schneeflocken flogen nun so dicht umher, dass sie kaum noch etwas sehen konnten. Rani schien das Ganze wenig auszumachen, er hoppelte durch den Schnee, schnupperte hier und da und hoppelte weiter.

Im Gegensatz zu ihrem Abenteuer in der Jahreszeitenschlucht, wo Magie blockiert gewesen war, konnte Felicitas sich hier mittels Magie gegen die Kälte schützen. Doch wie lange ihre Reserven dafür noch reichten, blieb fraglich.

Als sie tiefer zwischen den Bäumen eintauchten, zitterte Lukas bereits wieder leicht. Es fühlte sich an, wie ein sehr frischer Herbstabend. Sobald die Elfenmagie aufgebraucht war, würde er die Kälte wieder mit voller Wucht spüren.

»Was machen wir denn, wenn wir sie nicht finden?«, fragte Ella.

Ihre Stimme klang erstmals richtig beunruhigt. Nicht einmal während gefährlicher Kämpfe hatte sie bisher ihre positive Einstellung verloren. Dunkelheit und Kälte machten auch vor ihr nicht halt.

»Wir finden sie«, sagte Lukas.

»Etwas mehr Theater-AG und ich glaube es dir beim nächsten Mal«, kam es von Ella.

Er knuffte sie in die Seite. »Wieso liebst du das so sehr?«

»Weil es Spaß macht, in andere Rollen zu schlüpfen und in Geschichten einzutauchen«, gab sie sofort zurück. »Anstelle von Englisch und Bio mache ich mir dann Gedanken über den altenglischen Adel und wie ich meine Dienerschaft führe.« Sie zwinkerte ihm zu. »Oder ich stürze mich als Abenteurerin in einen magischen Wald. Ach halt, das war ja echt.«

Ellas Worte ließen Lukas unweigerlich lächeln.

»Wieso magst du dieses Computerzeugs so sehr?«, fragte sie.

»Es ist logisch«, erwiderte er nach kurzem Überlegen. »Du drückst einen Knopf und weißt, was passiert. Außerdem basiert alles auf Mathematik und auf einer gewissen Art von Mustern.«

»Wie spannend«, sagte sie trocken.

»Ist es wirklich«, beharrte er. »Zusätzlich habe ich die spannenden Abenteuer in meinen Büchern. Und natürlich hier. Von allem etwas.«

»Der Punkt geht an dich.«

Lukas hatte bemerkt, dass Felicitas ihren Worten gelauscht hatte und nicht mehr ganz so hektisch umherflog. Ellas und Lukas' Themen schienen sie von schlimmen Gedanken abzulenken.

Bedauerlicherweise ließ sich das Wetter nicht ablenken. Mit dem fallenden Schnee wurde jeder Schritt schwerer. Hier zwischen den Bäumen hielt das Blätterdach zwar ein wenig von dem Sturm ab, doch von Minute zu Minute wurde das Vorankommen unmöglicher. Sie waren für diese Witterungsverhältnisse einfach nicht zweckmäßig gekleidet.

»Wir müssen warten, bis der Sturm vorüber ist«, sagte Lukas schließlich. »So kommen wir nicht weiter. Was würde Punchy in so einem Fall denn tun?«

Felicitas überlegte kurz. »Ich nehme an, sie würde auf einen Baum klettern und ausharren, bis der Sturm sich gelegt hat.«

»Das kommt für uns eher nicht infrage«, merkte Ella an und runzelte die Stirn. »Aber seht mal dort vorne, diese riesige Wurzel. Dazwischen können wir etwas Schutz vor dem Sturm finden.«

Gewaltige Stränge ragten aus der Erde, größer als Lukas selbst. Sie waren ineinander verschlungen und bildeten so eine natürliche Barriere zur Welt ringsum. Die Kuhle dazwischen war nicht groß, doch sie genügte, damit sie sich alle vier aneinanderkuscheln konnten.

Felicitas setzte sich auf Ellas Schoß und Rani auf den von Lukas. Es kamen immer noch Flocken hindurch und der Wind peitschte, wenn auch nicht mehr ganz so stark wie zuvor. Das Geäst ringsum raschelte, als unterhielten sich die Bäume.

Durch die Nähe zueinander entstand zum Glück ausreichend Wärme. Irgendwann zuckte Lukas hoch. Ohne es zu merken, war er eingeschlafen. Neben ihm lag Ellas Kopf auf einer Wurzel und sie atmete gleichmäßig. Rani war ein einziges Pelzknäuel und schnarchte laut. Felicitas hatte ihr Kinn in die Handflächen gestützt. Die Elfe blickte sinnierend in den Schnee.

»Hey«, sagte Lukas sanft, »mach dir keine Sorgen! Wir haben schon so viel erlebt, Punchy geht es bestimmt gut.«

»Sie hat immer auf mich aufgepasst.« Felicitas wirkte bedrückt. »Die letzten Tage war ich wütend auf sie, weißt du. Weil sie die ganze Zeit so getan hat, als könne sie nicht sprechen. Das war ein Geheimnis, das sie nicht mit mir teilen wollte. Zuerst war ich traurig, aber dann sauer. Dabei ist sie doch trotzdem meine Freundin.«

»Deshalb warst du ja wütend«, sagte Lukas. »Wenn dir jemand egal ist, würdest du nichts fühlen.«

Felicitas blinzelte. »Du bist sehr weise.«

»Ehrlich gesagt, stammt das von meiner Mutter«, erklärte er. »Sie hat so etwas Ähnliches gesagt, als ich mal wieder einen Wutausbruch gegenüber meiner Schwester hatte. Der war übrigens total gerechtfertigt.«

»Wenn es Punchy nur gut geht«, sagte die Elfe seufzend. »Dann werde ich nicht mehr böse auf sie sein. Sie kann so viel schweigen, wie sie will. Dafür kann ich ja einfach mehr sprechen.«

Lukas war sich nicht sicher, ob Punchy mit dieser Lösung so glücklich wäre. Aber immerhin wäre erst mal alles zwischen den beiden geklärt.

»Bitte komm zurück, Punchy.«

Und als hätten ihre Worte eine magische Kraft, schwieg der Wind. Schneeflocken glitten nur noch vereinzelt sanft herab. Ein Huschen erklang, Pfoten bewegten sich auf dem Schnee.

Vor ihnen erschien Pedora Ulinde Naftet von Chibalka. »Ich habe Hilfe mitgebracht.«

Und während Felicitas zu ihrer Beschützerin raste, ihre kleinen Hände um deren Hals warf und das Gesicht in ihr Fell drückte, blickte Lukas sich um.

Der Schnee leuchtete im Mondlicht.

Sein Blick wurde aus Dutzenden von Augen erwidert.

Die Schneekatzen

Die Schneekatzen waren als weiße Tupfen in der sie umgebenden Schneelandschaft kaum auszumachen. Sie glitten auf ihren Tatzen lautlos dahin, umschlossen die Freunde wie in einer sicheren Umarmung.

Felicitas hielt sich ganz dicht bei Punchy, als hätte sie Angst, diese direkt wieder zu verlieren. Rani betrachtete mit glänzenden Augen das Fell der weißen Katzen und murmelte leise ›so seidig‹.

»Ich wusste, dass ich euch nicht aus eigener Kraft herausholen kann«, erklärte Punchy. »Und als Rani nicht zurückkehrte, habe ich beschlossen, Hilfe zu holen. Zu dem Zeitpunkt wart Ihr, Prinzessin, nicht mehr zu sehen.«

»Der Wind hatte mich abgetrieben«, sagte Felicitas.

Lukas, Ella, Punchy, Felicitas und Rani gingen inmitten der Katzen, als gehörten sie zu deren Rudel. Und tatsächlich fühlte Lukas sich hier sicher.

»Wieso sind sie nicht versteinert?«, fragte er Punchy.

»Wir wissen es nicht genau«, erklärte die Katze, »aber vermutlich hatten sie Glück, weil sie so weit abseits leben und die böse Magierin bisher noch nicht zu ihnen vorgedrungen ist.« Punchy hielt kurz inne, bevor sie weitersprach. »Die Schneekatzen sind anders. Die Legende besagt, dass es sich bei ihnen um einen Clan Katzen handelt, der aus der Menschenwelt stammt. Als der Katzenwald erschaffen wurde, sind die Schneekatzen aus einer eurer Städte hierhergezogen. Da sie keine Magie beherrschten, konnten sie sich im Streit um Reviere nie gegen andere durchsetzen und zogen immer näher an den kalten Berg heran. Sie passten sich an, lernten, mit der Kälte zu leben, und entwickelten fast schon prophetische Instinkte. Heute ist dieser Berg ihr Revier und niemand macht ihn ihnen streitig.«

»Das ist eine wahrlich interessante Zusammenfassung«, sagte eine Schneekatze, die neben Lukas lief.

Da jeder der Vierbeiner vollständig weiß war, konnte Lukas sie nicht auseinanderhalten. Wobei er bei dieser hier aus der Nähe braune Sprenkel in den Augen erkannte.

»Ich bin Siwemalo«, stellte die Katze sich vor.

»Das ist ja ein seltsamer Name«, bemerkte Rani.

»Unsere Namen bilden sich aus unserer Clanfamilie«, erklärte Siwemalo. »Die ersten beiden Buchstaben repräsentieren das Oberhaupt der Familie, dann folgt die eigene Bezeichnung und schließlich die der Geschwister. Da ich in meiner Familie das Oberhaupt bin …«

»Steht das ›Si‹ für dich und du bist gleichzeitig das Oberhaupt«, schloss Ella. »Und es gibt drei weitere Katzen in deiner Clanfamilie.«

Siwemalo beugte zustimmend das Haupt. »So ist es. Wenn wir Nachwuchs bekommen, wird auch der Name verlängert. Neue Generationen spalten sich ab, wenn sie eigene Clanfamilien gründen.«

»Das ergibt bestimmt sehr lange Namen«, sagte Lukas.

»So ist es«, bestätigte Siwemalo. »Pedora Ulinde Naftet von Chibalka hat uns berichtet, was außerhalb des Schneeberges im Katzenwald vorgeht. Wir wussten, dass eine dunkle Kraft ihre Klauen ausstreckt, doch nicht, dass es so schlimm ist.«

»Woher wusstet ihr das?«, fragte Ella sofort.

»Alles zu seiner Zeit. Lasst uns zuerst die sichere Stätte erreichen. Die Lawine, die euch erwischt hat, wird nicht die Einzige bleiben. Hier kommt es ständig ganz plötzlich zu heftigen Stürmen, die die Landschaft verändern, Spalten erschaffen und sogar Gestein zerbrechen.«

Dieser Ort schien nicht dafür geschaffen zu sein, um Katzen oder anderen Lebewesen einen Lebensraum zu bieten. Und erst recht nicht Katzen, die über keinerlei Magie verfügten.

Lukas erkannte seinen Irrtum, als sie sich ihrem Ziel näherten. Bei der sicheren Stätte handelte es sich genaugenommen um eine Stadt. Sie bestand aus weißem Stein, der lediglich einen Hauch dunkler war als die Umgebung. Türme ragten hoch empor, Stege verliefen zwischen Simsen. Höhlenkugeln hingen an Seilen herab und luden Katzen zum Verweilen ein. Neugierige Katzen lugten daraus hervor. Lichtkugeln waren dazwischen aufgespannt oder schwebten in der Luft. Sie warfen ihren goldenen Schimmer auf das reine Weiß.

»Wieso könnt ihr sprechen?«, fragte Ella, während sie die Stadt durch ein Loch in der Mauer betraten. »Wenn ihr doch Katzen seid, die aus der Menschenwelt stammen?«

Lukas und sie mussten sich bücken, denn für ihre Größe war der Eingang zur Stadt nicht gedacht.

»Als unsere Vorfahren in den Katzenwald kamen, ist ein Funke der Magie des Waldes auf sie übergesprungen. Es muss die Seelenmagie der Erschaffung gewesen sein, anders können wir es nicht erklären«, sagte Siwemalo. »Wir besitzen keine eigene Magie, doch wir können magische Dinge herstellen. Oder konnten es. Und solange wir uns in der Nähe der Flamme aufhalten, können wir instinktiv Gefahren erfassen, die nah in der Zukunft liegen.«

Punchy spitzte die Ohren. »Magische Dinge erschaffen. Davon wusste ich nichts.«

»Wir drängen uns nicht auf«, sagte Siwemalo. »Fast niemand kommt hierher in unser Reich, deshalb weiß auch keiner, was wir in den kalten Flammen des Schneeberges zu erschaffen vermögen. Oder vermochten.«

»Dann wird also auch eure Magie weniger«, begriff Lukas. »Genauso wie bei uns im Flüsterwald.«

»So ist es.«

Sie erreichten einen Platz in der Mitte der Schneestadt und erst jetzt realisierte Lukas, dass hier nur noch ein lauer Wind wehte. Es war geradezu angenehm frisch, nicht zu kalt.

Siwemalo deutete seinen fragenden Blick richtig. »Das hat nichts mit Magie zu tun. Wir haben die Stadt stabil errichtet. Sie hält jedem Beben stand. Und der Wind wird durch geschickt angebrachte Schächte in den Türmen abgeleitet.«

»Ich bin beeindruckt«, sagte Punchy.

»Aus deinem Mund ist das ein großes Lob.« Siwemalo leckte sich über die Tatzen.

Auf dem zentralen Platz waren Bronzeschalen aufgestellt, in deren Inneren Reisig aufgeschichtet war. Eine der Katzen eilte von einer Schale zu nächsten und entfachte die Flammen.

»Normalerweise nutzen wir dafür magische Dinge, doch wie gesagt, das ist nicht mehr möglich. Einzig die Lichtkugeln funktionieren noch, aber sie benötigen auch kaum Magie.«

Ella und Lukas ließen sich im Schneidersitz nieder. Dankbar nahm Lukas den Becher entgegen, der mit einer klaren Flüssigkeit gefüllt war, und trank. Erst jetzt spürte er, wie durstig er war.

»Ihr kommt also aus jenem Flüsterwald, der sich viele Jahre isoliert hat«, sagte Siwemalo. »Ich weiß, dass die Königin darüber mit anderen Abgesandten aus fernen Wäldern gesprochen hat. Die Details sind mir jedoch nicht bekannt. Was wollt ihr nun also tun?«

»Das wissen wir noch nicht«, sagte Felicitas. »Die Angreiferkatzen sind zu stark. Und alle, die uns dabei helfen könnten, herauszufinden, was die böse Zauberin vorhat, sind versteinert. Ihr wiederum besitzt keine Magie. Wir müssten diese seltsame Apparatur abschalten und hoffen, dass wir darüber auch die Versteinerungen wieder rückgängig machen können, aber wir wissen ja nicht einmal so richtig, was für eine Apparatur das ist und wie sie funktioniert.«

»Die Apparatur sah aus wie eine Konstruktion unserer Blinzelbahningenieure«, ergänzte Lukas. »Aber das ergibt keinen Sinn. Wieso sollten sie der Zauberin dabei helfen, Wesen der Flüsterwälder zu versteinern?«

»Es gibt möglicherweise jemanden, der euch Antworten geben kann.« Siwemalo leckte sich eine seiner Tatzen. »Wir sprechen niemals mit Außenstehenden über sie, doch diese Gefahr ist größer als jede andere und lässt uns keine andere Wahl.«

»Eines ist sicher«, sagte Lukas. »Ohne Hilfe werden wir die Zauberin nicht besiegen.«

Punchy maunzte zustimmend.

»Ich spreche mit den anderen, wartet hier.« Auf leisen Pfoten sprang Siwemalo in die Dunkelheit.

Die Freunde blieben allein zurück.

Lukas konnte nur hoffen, dass die Schneekatzen ihnen einen Ausweg wiesen. Andernfalls hatte die Zauberin gewonnen.

In den Schatten des Schneegebirges

Siwemalo kehrte bereits nach wenigen Minuten zurück. Wie auch immer er sich so schnell mit den anderen Katzen abgestimmt hatte, die Antwort lautete: ja.

»Ich bringe euch zur Seherin«, erklärte Siwemalo. »Sie ruht in ihrer Höhle im Berg, ganz nah an der kalten Flamme.«

Und so stiegen sie Treppenstufen hinab, gingen durch Türen hindurch und begaben sich in die weiten Gänge des Schneeberges. Glücklicherweise hatten die magischen Dinge, die von den Katzen genutzt worden waren, um die Gänge zu erweitern, das recht ordentlich getan. Lukas und Ella konnten aufrecht gehen. Dennoch waren die Gänge eng und sich länger hier aufzuhalten, würde mit Sicherheit keinen Spaß machen.

Die Wände waren weiß und glatt geschliffen wie Glas. Das Licht der schwebenden Kugeln spiegelte sich darin. Es gab keinerlei Verzierungen in den Gängen, keine Ornamente oder Beschreibungen. Je tiefer sie in den Berg vordrangen, umso wärmer wurde es.

Nach etlichen Minuten erreichten sie eine Rutsche.

»Äh«, sagte Lukas.

»Äh … was *er* sagt«, stammelte Ella fassungslos und deutete auf Lukas.

Siwemalo lachte maunzend auf. »Ein wenig Spaß brauchen wir doch alle.«

Und schon sprang er auf die Rutsche und sauste hinab. Überraschenderweise war es Rani, der jauchzend hinterherhüpfte. Nacheinander folgten die anderen, Lukas bildete das Schlusslicht.

Vor ihnen lag eine weite Höhle mit vielen kleinen Nischen. Schalen hingen an der Decke, in denen Feuer loderte. Ein Berg aus Kissen füllte die gesamte Höhlenwand gegenüber der Rutschbahn aus. Dort lag eine weiße Katze mit blinden Augen.

Lukas ging ehrfürchtig näher. »Hallo.« Er stellte sich vor.

»Ich weiß, wer du bist«, erklang eine kratzige Stimme. »Meine Augen sehen in die Katzenlinien der Zukunft. So wusste ich, dass mir heute Besuch seine Aufwartung macht.«

»Das ist unsere Seherin«, erklärte Siwemalo. »Sie lebt hier unten.«

»Und es ist recht behaglich«, sagte die Seherkatze und gähnte. »Das wolltest du doch gerade fragen, nicht wahr, Ella?«

»Wow, du kannst sogar …«

»… vorhersehen, was ihr sagt. Aber ja.« Die Seherin leckte ihr Fell. »Aber da es unhöflich ist, anderen ins Wort zu fallen, warte ich normalerweise ab, bis Besucher ihre Sätze gesprochen haben. Obwohl das sehr ermüdend ist, schließlich kenne ich bereits das Ende des Gesprächs.«

»Dann weißt du irgendwie alles?«, fragte Lukas.

»Je weiter entfernt ich auf einen Ort oder in die Zukunft blicke, desto nebulöser werden die Bilder«, sagte die Seherin. »Andernfalls hätte ich der Königin gegenüber natürlich eine Warnung ausgesprochen.«

»Kannst du uns helfen?«, fragte Ella.

»Stellt eure Fragen«, forderte die Seherin sie auf. Dann stützte sie den Kopf auf die Vorderpfoten und lauschte.

»Was ist das für eine Apparatur im Palast der Königin?«, wollte Lukas zuerst wissen.

»Ich sehe voraus, nicht zurück. Ihre Entstehung liegt im Dunkeln, doch eins steht fest: Sie stammt nicht aus diesem Wald. Sie wurde von der Königin verwahrt und besitzt große Macht. Ich sehe, dass sie hier ist und … oh ja, sie ist verantwortlich für die Versteinerungen der Katzen in diesem Wald. Und ich sehe noch etwas: Magie schwindet. Hier bei uns im Wald und auch in anderen Flüsterwäldern. Sie wird immer weniger.«

»Das mit der schwindenden Magie haben wir auch schon bemerkt«, sagte Rani. »Wir sind recht gut in so was, deshalb sind wir Beschützer des Waldes.«

Die Seherin schwieg.

»Du hast keine Frage gestellt«, sagte Ella.

»Oh, richtig.« Rani dachte kurz nach. »Wird Pera bei uns im Bau bleiben?«

Lukas klatschte sich gegen die Stirn. »Rani.«

»Das Menok-Mädchen trifft seine Entscheidung stets aufs Neue«, antwortete die Seherin tatsächlich. »Deshalb ist ihr Weg nicht eindeutig.«

Rani erschrak. »Waaaas?«

»Die Zauberin«, schaltete Ella sich ein. »Wer ist sie?«

»Sie ist keine Katze«, erwiderte die Seherin. »Eine starke Magie verschleiert ihre Identität, ich kann nicht hinter den Nebel blicken. Ihre Augen sind auf euch gerichtet, besonders auf dich, Ella. Sei vorsichtig! Ihr nächster Zug steht kurz bevor. Und ich sehe die Schatten des großen Felsens auf dir ruhen.«

»Auf mir?« Ella wechselte einen verdutzten Blick mit Lukas. »Aber was bedeutet das?«

»Zu nebulös.« Die Seherin gähnte. »Wie gesagt, ein bisschen interpretieren müsst ihr da schon selbst. Hab ja auch bereits ein paar Jahre auf dem Buckel.«

»Was ist mit den Katzen passiert, die mit der Zauberin gemeinsame Sache machen?«, fragte Punchy. »Wieso greifen sie uns an?«

»Ihr seht nur eine Gefahr«, erwiderte die Seherin, »doch es ist mehr als das. Die Puzzlestücke, die fehlen, um dieses Rätsel zu lösen, liegen gleichermaßen vor wie hinter euch. Um in der Zukunft zu siegen, müsst ihr die Vergangenheit verstehen.«

»Na toll«, sagte Rani. »Aber da schaust du doch gar nicht hin. Wie sollen wir das denn tun?«

»Es gibt nur einen einzigen Weg, wie ihr das tun könnt. Einer, der in gewöhnlichen Zeiten verboten ist und der nur der Königskatze offensteht.«

»Das klingt jetzt wieder leicht problematisch«, kommentierte Lukas.

»Und das ›leicht‹ können wir wohl streichen«, gab Ella ihm recht.

»Was können wir tun, oh Seherin?« Felicitas hing ehrfürchtig in der Luft.

»Sucht den ersten Palast auf. Um Antworten zu erhalten, müsst ihr unbemerkt in die verfallenen Ruinen vordringen. Tief darunter liegt das Wissen verborgen. Angesichts des Atems der alten Zeit werdet ihr begreifen und die Gefahr als Ganzes erkennen. Das ist der Schritt der Erkenntnis.« Die Katze gähnte. »Okay, das war's. Ich brauche mein Nickerchen.«

Siwemalo maunzte zustimmend. »Danke, Seherin. Wie immer waren deine Worte auf den Punkt und haben uns sehr geholfen.«

»Bitte, was?« Rani tippte sich mit dem Greifschwanz gegen die Stirn. »An welcher Stelle war das auf den Punkt?«

»Wir gehen.« Ella schob den Menok zum Ausgang. »Bevor du noch die Seherin und sämtliche Schneekatzen gegen uns aufbringst.«

Grummelnd und sich mit dem Greifschwanz am Rücken kratzend, zog Rani davon.

»Und denk daran, Ella«, erklang noch einmal die Stimme der Seherkatze. »Nimm dich vor dem Schatten des großen Felsens in Acht!«

Während sie nach oben stiegen, blaffte ein grummeliges Pelzknäuel: »Der Schatten des großen Felsens, was soll das denn heißen?«

»Finden wir schon noch heraus.« Lukas' Gedanken wirbelten wild durcheinander.

Endlich hatten sie eine klare Spur, die ihnen hoffentlich zu ihren Antworten verhalf. Wenn sie zum Herzen zurückkehrten, wollte Lukas schließlich auch eine Lösung für ihre Probleme präsentieren. Nicht einfach nur: »Es sieht ziemlich mies aus.«

Sie traten wieder ins Freie und Lukas sog tief die klare Nachtluft ein. Er erinnerte sich noch daran, bei ihrer Ankunft im Katzenwald die Ruinen des ersten Palastes zwischen Baumwipfeln entdeckt zu haben. Sie lagen also ganz in der Nähe des heutigen Palastes.

»Ich würde es normalerweise niemals wagen, die Katakomben unter dem ersten Palast aufzusuchen«, sagte Punchy. »Der erste Palast war der Funke der Schöpfung des Katzenwaldes. Niemand geht dorthin. Doch in dieser Ausnahmesituation bleibt uns wohl nichts anderes übrig.«

»Ich hoffe, dass wir dort auch wirklich Antworten finden«, sagte Ella. »Aber das löst leider nicht unser Problem, wie wir dorthin kommen. Die Angreiferkatzen sind überall im Wald verteilt. Zottelfell wird es bemerken, sobald wir uns auf den Weg machen.«

Lukas fragte sich, was die Seherkatze damit gemeint hatte, dass sie die Gefahr noch nicht richtig verstanden hatten, nicht zur Gänze sahen. Und was hatte es mit dem Schwinden der Magie in diesem und in ihrem eigenen Flüsterwald auf sich? Mit Sicherheit steckte auch die böse Zauberin dahinter, daran hatte Lukas keinen Zweifel. Doch wie alles zusammenhing, lag wie hinter einem dichten Nebel vor ihm verborgen und er konnte es einfach nicht zusammenbringen.

»Es gibt einen Weg hinein in den ersten Palast«, sagte Siwemalo. »Allerdings steht er nicht euch allen offen. Nur Katzen können ihn benutzen.«

Lukas spürte bereits Enttäuschung, als ihm plötzlich eine Idee kam. Er riss die Augen auf. »Und dieser Weg sähe wie genau aus?«

Er lächelte zufrieden.

Eine Linie gewoben

»Wie alle anderen Clans verfügen auch wir über eine Weberin«, erklärte Siwemalo.

Sie hatten sich wieder an den Feuerschalen auf dem zentralen Platz der Katzenstadt niedergelassen. Lukas lauschte dem Pfeifen des Windes und den Worten der weißen Schneekatze.

»Es ist verboten, eine Linie in den Palast zu öffnen«, entgegnete Punchy.

»Und wir würden es niemals tun, stünde nicht das Schicksal des gesamten Katzenwaldes auf dem Spiel«, erklärte Siwemalo. Sein Blick ruhte auf den Flammen der Schale neben ihm. »Was sollen wir sonst tun? Die Königskatze und alle Clans außer unserem sind bereits versteinert worden und können selbst nichts gegen die Gefahr unternehmen«

»Das löst aber nicht unser Problem«, warf Ella ein. »Wir könnten die Katzenlinie gar nicht benutzen.«

»Vielleicht doch.« Lukas zog seinen Rucksack von der Schulter, öffnete ihn und kramte darin herum. Schließlich fand er das Etui. »Wir haben den Katzenwandeltrank.« Er schob die Lasche auf und zeigte die Phiole im Licht des Feuers.

Punchy maunzte erschrocken auf. »Das sind die Wandeltränke aus dem geheimen Fach des Professors?!«

»Stimmt.« Lukas lächelte zufrieden. »Allerdings ist es nur eine Phiole und ich weiß nicht, wie lange die Wirkung anhält.«

Siwemalo wechselte einen schnellen Blick mit Punchy. Lukas spürte, dass etwas Unausgesprochenes in der Luft lag.

»Was ist los?«, hakte Ella ungeduldig nach, die es auch bemerkt hatte.

»Das in deinen Händen ist kein einfacher Zaubertrank mit begrenzter Wirkung«, erklärte Punchy. »Das ist ein Wandeltrank, der Körper und Seele in eine neue Gestalt zwingt.«

»Für immer?«, hauchte Felicitas. »Aber der Rat des Flüsterwaldes hat solche Tränke verboten.«

»Und zu Recht«, sagte Punchy. »Ein Tropfen reicht vollkommen, um die Wandlung einzuleiten. Du wirst zu dem anvisierten Geschöpf, in dem Fall eine Katze. Anfangs ist das nicht schlimm. Ein Gedanke genügt und du kannst dich zurück in deine Ursprungsgestalt verwandeln. Doch mit jeder Minute denkst und fühlst du stärker wie eine Katze, bis du dich nicht mehr zurückverwandeln möchtest. Und hast du das alte Ich einmal losgelassen, ist es zu spät.«

Lukas starrte zuerst Punchy, dann die Phiole in seiner Hand entsetzt an. »Man möchte für immer eine Katze bleiben?«

»So ist es«, bestätigte Siwemalo. »Diese Tränke sind gefährlich. Sie verändern dich und dein gesamtes Wesen.«

»Auf gar keinen Fall.« Rani verschränkte die Arme. »Ich will doch keine Katze werden.« Er blinzelte. »Obwohl ihr natürlich total tolle Flüsterwesen seid.«

»Es wäre nur für die Passage, den Weg durch die Katzenlinie«, beharrte Lukas. »Ein paar Minuten.«

Siwemalo wirkte zweifelnd. »Es ist letztlich eure Entscheidung, aber wägt gut ab. Ich werde unsere Weberin aufsuchen, damit sie die Linie zum Palast erschafft. Ob am Ende nur Pedora Ulinde Naftet von Chibalka den Pfad beschreitet oder ihr alle, bleibt euch überlassen.«

Damit flitzte die Schneekatze davon.

»Vielleicht … sollten wir es einfach mal testen«, schlug Ella vor. »Mit einem Tropfen.«

Lukas nickte. »Alles klar.«

»Nicht du«, sagte Punchy schnell. »Es sollte am besten jemand sein, der es eher nicht möchte. Dadurch ist der Wunsch größer, sich wieder zurückzuverwandeln.«

Alle Augen richteten sich auf Rani.

»Warum schaut ihr mich so an?«, sagte der. »Ich will total gerne eine Katze sein, deshalb ist das keine gute Idee. Vielleicht lieber du, Felicitas?«

»Hör auf, zu flunkern!« Ella nahm die Phiole von Lukas entgegen. »Es wäre eine große Heldentat von dir, wenn du einen Tropfen ausprobieren würdest.«

Der Menok sah die Phiole misstrauisch an.

»Was dein Großmenok wohl zu der Tapferkeit sagen würde?«, überlegte Lukas laut.

»Natürlich mache ich das«, kam es sofort von Rani. »Schließlich müssen Helden mit guten Beispielen vorangehen.«

Ella ging zu dem Winzling, entkorkte die Phiole und hielt sie leicht schräg, sodass sich ein einzelner Tropfen löste. Er fiel direkt in den Mund des Menoks.

»Ich merke gar nichts«, sagte der. »Hihi, das kitzelt. Oh.«

Plopp.

Rani schien mit einem *Puff* zu explodieren und da, wo er gerade noch gesessen hatte, saß nun eine Babykatze.

»Wie süß.« Ella verkorkte die Phiole.

Die Babykatze maunzte.

»Er sagt, das ist nicht lustig«, erklärte Punchy.

Damit war eindeutig klar, dass sie die Fähigkeit zu sprechen verloren, wenn sie diese Verwandlung durchmachten.

Babykatzen-Rani fauchte.

»Er will sofort seinen wunderschönen alten Körper zurück«, übersetzte Punchy.

Plopp.

Schon saß der Menok wieder vor ihnen.

»Es funktioniert und es ist ganz schrecklich und ich muss sofort darüber schreiben.« Er zog sein Büchlein hervor. Der Stift flitzte nur so über die Seiten.

»Also Rani wird keine Probleme mit der Rückverwandlung haben, so viel ist sicher«, sagte Ella. »Ich kann mir das bei mir ehrlich gesagt auch nicht vorstellen.«

Lukas erinnerte sich an das wunderbare Gefühl der Freiheit, als er zu einer Pantherkatze geworden war. Der Wind, die Gerüche … »Also ich auch nicht.« Er wollte den Plan schließlich nicht gefährden.

»Ich bin gerne eine Elfe.« Felicitas strahlte. »Aber für ein paar Minuten probiere ich auch mal aus, wie es als Katze ist.«

Bei diesen Worten wirkte Punchy mehr als beunruhigt. Doch was sollte sie sagen?

»Dann ist es beschlossen«, befand Lukas.

Sie mussten nur wenige Minuten warten, dann kehrte Siwemalo zurück. »Die Linie ist fast fertig. Sie wird für diese Nacht Bestand haben und am Morgen vergehen.«

»Das müsste ja reichen«, sagte Lukas. »Wir flitzen hindurch, finden die Wahrheit heraus und kommen wieder. Anschließend müssten wir dann dem Herz des Waldes einen Bericht erstatten, damit es endlich weiß, was hier vorgeht.«

Siwemalo führte sie zu einem kleinen Platz zwischen verwinkelten Türmen. Dort saß eine Katze mit sanftem Antlitz und rötlich funkelnden Augen.

»Ihr könnt bereits los«, erklärte Siwemalo. »Der letzte Rest des Weges entsteht gerade. Aber so verlieren wir keine Zeit.«

Sie blickten einander an.

Lukas nahm die Phiole entgegen und trank einen Tropfen. Die Menge war, wie Punchy erklärt hatte, ja sowieso egal.

Erneut machte es *Plopp*.

Die Umgebung tat einen Satz und alles um ihn herum

wurde größer. Plötzlich waren da Gerüche und Geräusche – die Welt prasselte auf Lukas ein. Er nahm so viel mehr wahr als bisher. Das Duschgel, das Ella heute Morgen benutzt hatte. Ein Haar von Punchy, das an Felicitas' Kleid hing. Es musste von der Umarmung zurückgeblieben sein.

Und direkt vor ihm: die Schatten. In ihnen waberte es. Lukas konnte den Eingang zur Katzenlinie sehen. Sein Instinkt schlug an, er wollte losrennen. Und er fühlte auch noch etwas anderes: Freiheit.

Er dachte nicht länger an die Schule oder irgendwelche Pflichten und Haushaltstätigkeiten. Das Leben in Winterstein war langweilig. Das eines Menschen auch. Natürlich war da noch seine Familie.

Sofort ließ der Drang etwas nach.

Um ihn herum verwandelten sich die anderen. Rani war wieder eine Babykatze mit braunem Fell. Ella hatte weißes Fell mit einer gelblichen Maserung. Felicitas' Fell besaß tatsächlich eine farbige Schattierung.

Lukas sprang zu einem Gebäude und betrachtete sich in der spiegelnden Oberfläche. Ihm sah eine Katze von gewöhnlicher Größe entgegen, das Fell war dunkel, besaß aber kleine weiße Flecken.

»Gehen wir«, miaute Rani. »Ich will schnell wieder ein großer Menok sein.«

Sie sprachen nicht länger menschliche Sätze, es waren Katzenlaute.

Lukas miaute zustimmend.

»Viel Glück«, wünschte Siwemalo.

Mit einem gewaltigen Satz katapultierte sich Lukas zum Eingang der Katzenlinie und sprang hinein.

Vergessen

Eine neue Welt offenbarte sich Lukas.

Wie ein Gespinst aus Fäden durchzog nebelhafte Magie die Katzenlinien. Er huschte auf seinen Pfoten darauf entlang wie auf sich überkreuzenden Ästen. Eine der Linien war scheinbar nicht in den Rest eingewoben und hob sich stärker ab, die anderen waren durchscheinend. Wie ein geisterhafter Abdruck.

Sie mussten also auf der einen bleiben, um in den ersten Palast zu gelangen, konnten sie aber auch jederzeit verlassen, sollten sie es sich anders überlegen. Die Wände der Passage gestalteten sich wie weiche Lamellen, die außerhalb in den Schatten endeten. Es war der Inbegriff von Größe und Weite, unendliche Vielfalt. Jeder Ort konnte innerhalb kürzester Zeit erreicht werden. Im Moment waren die Katzenlinien zu den anderen Flüsterwäldern nicht benutzbar, das hatte Punchy erzählt. Sie waren zerfallen.

Doch die Vorstellung, diese zu nutzen und weit entfernte Flüsterwälder in einem Augenblick zu erreichen, war traumhaft. Wozu wollte er überhaupt ein Mensch sein?

Er schob die Frage beiseite, wohl wissend, dass der Trank sie auslöste.

»Ist es noch weit?«, erklang Ranis Stimme.

»Nein«, gab Lukas zurück.

»Wie weit?«, wollte der Menok wissen.

»Genieß doch einfach, für eine Weile eine Katze zu sein«, maunzte Lukas in Katzensprache.

»Ich bin ein Menok«, stellte Rani klar. »Das hier ist total falsch. Diese Weite, da wird einem ja schwindelig. Ein gemütlicher Bau wäre jetzt schön. Vielleicht eine dritte Nachtmahlzeit, dazu schreiben und Tee von den Teekindern. Und jemand, der mein Fell krault.«

»Hör auf, dich ständig zu beschweren!«, patzte Ella ihn an und schoss an ihnen vorbei.

Rani blinzelte. »Was ist denn mit ihr los?«

Felicitas kam aufgeregt näher. »Etwas stimmt nicht mit ihr. Eben hat sie mich zur Seite geschubst, einfach so.«

Lukas runzelte seine Stirn. Das sah Ella gar nicht ähnlich.

Er rannte schneller und holte sie schließlich ein. »Hey, was ist denn los?«

»Kümmere dich um deinen Kram!«, fauchte sie.

Sie fauchte wirklich und ließ obendrein die Krallen funkeln.

Im düsteren Licht der Katzenlinien wirkte sie geradezu böse. Hatten ihre Augen einen gelblichen Schimmer? Und sah das Fell zotteliger aus, verwahrloster?

»Der Trank wirkt bei ihr schneller«, rief Punchy. »Sie muss sich dagegen wehren.«

»Ihr sagt mir nicht, was ich zu tun habe!« Ella rempelte Lukas an.

Es kam so überraschend, dass er den Halt verlor. Vor Schreck maunzend rutschte er seitlich an der Katzenlinie herab. Seine Krallen versanken in dem halb-durchlässigen Untergrund. Sie glitten ab.

»Lukas!«, rief Felicitas.

Rani war es, der blitzschnell handelte. Mit seinen Pfoten griff er nach unten und versuchte, Lukas zu helfen. »Jetzt bräuchte ich meinen Greifschwanz.« Doch den hatte er in dieser Gestalt nicht.

Punchy stoppte im Lauf, warf sich herum und kam herbeigeeilt. Sie packte mit an. Gemeinsam zogen sie Lukas hinauf.

»Das war knapp.« Punchy wirkte beunruhigt.

»Was ist denn dort unten?«, fragte Lukas.

»Du wärst aus einem Schatten herausgefallen, aber ich habe keine Ahnung, wo du gelandet wärst. Außerhalb der Linien ist es vollkommen chaotisch.« Punchy blickte in die Richtung, in der Ella verschwunden war.

Ohne abzuwarten, hetzte Lukas los. Seine Pfoten glitten so schnell über die Oberfläche, dass sie schon fast darüber hinwegschwebten. Er legte seine gesamte Kraft in die Schnelligkeit. Da! Vor ihm tauchte Ella auf. Sie hielt sich noch immer auf den Katzenlinien, wurde aber langsamer.

Endlich holte er sie ein. »Hey, was sollte das?!«

Ella fauchte ihn an.

Lukas zuckte zurück. Sie hatte nichts Menschliches mehr an sich. Ihre Augen wirkten eitrig, das Fell war vollkommen verwahrlost und sie verhielt sich aggressiv. »Was ist mit dir?«

Sie gab keine Antwort. Stattdessen sprang sie plötzlich nach oben zwischen die Lamellen, die den Ausgang der Katzenlinien markierten.

Lukas folgte ihr.

Mit einem *Wusch*-Geräusch blieben die Katzenlinien hinter ihnen zurück. Sie fielen aus dem Schatten heraus und landeten zwischen zwei Büschen. In Sichtweite lag der

Palast der Königin, ein wenig versetzt dahinter ihr eigentliches Ziel: die Ruinen des alten Palastes. Lukas' Instinkt schrie sofort auf. In der Ferne konnte er die Angreiferkatzen wahrnehmen. Ihr Geist leuchtete ihm entgegen, gleichzeitig spürte er, dass etwas darin falsch war. Und irgendwie vertraut. Er schüttelte sich. Es war gefährlich, hier zu sein.

War es das wirklich?

Die Aura, die von den Angreiferkatzen ausging, wirkte nicht länger bedrohlich. Eher einladend. Fast wollte er zu ihnen. Sie lockten, hießen ihn in ihrer Mitte willkommen. Sie konnten sein Clan sein, würden ihn beschützen und ihm absolute Freiheit ermöglichen. War es nicht das, was er wollte?

Ella maunzte laut.

Sie rief nach den anderen Katzen.

Ein leises *Wusch* ertönte, als Rani, Felicitas und Punchy ebenfalls aus dem Schatten heraussprangen.

»Sie will die Angreiferkatzen hierherrufen«, erklärte Lukas.

»Vielleicht sind die ja ganz nett«, sagte Felicitas verträumt.

Punchy fauchte. »Das sind sie nicht. Aber ich begreife langsam, was hier vor sich geht.«

»Was denn?«, fragte Rani.

»Später. Wir müssen Ella von hier fortschaffen und uns zurückverwandeln, bevor es schlimmer wird.« Punchy linste in die Dunkelheit. »Beeile dich, Lukas!«

Ella war an einem Baum hinaufgesprungen, lag nun auf einem Ast und blickte in die Tiefe.

»Kannst du bitte herunterkommen?«, fragte Lukas.

»Nein!«

»Warum nicht?«

Sie blitzte ihn an, die Augen zu Schlitzen verengt. »Meine neuen Freunde sind bald hier. Ich gehe nie wieder zurück.«

»Aber *wir* sind deine Freunde«, sagte Felicitas.

Ella wirkte für einen Augenblick irritiert, als könnte sie die Worte gar nicht richtig verstehen. »Ihr seid meine Freunde – aber nur, wenn ihr Katzen bleibt.«

Der Katzentrank war weitaus gefährlicher, als Lukas gedacht hatte. Und aus irgendeinem Grund wirkte er bei Ella viel schneller und stärker. Trotzdem spürte auch er eine Veränderung. Seine Erinnerung an die Schule verblasste, ebenso an Winterstein. Wie ein Nebel, der sich langsam durch die Straßen einer Stadt schob, legte sich über alles ein Schleier des Vergessens.

Nur an das Haus erinnerte er sich noch. An seine Mutter im Meditationssitz, seinen Pa, der die Zeitung las. Seine Schwester, die das blöde Kuscheltier an sich drückte.

Im gleichen Augenblick realisierte er, dass Ella viel weniger hatte, was sie in ihrem menschlichen Dasein hielt. Wenn der Nebel des Vergessens ihre Mutter und ihren Großvater verschlang, war es das. Sie hatte sonst keine Freunde, keine größere Familie mehr, niemanden. Das hatte sie ihm erzählt, als sie unter der Lawine festgesessen hatten.

Er war sich sicher, dass der Trank deshalb so ein leichtes Spiel mit ihr hatte.

»Aber du weißt doch, dass die Katzen böse sind«, versuchte Felicitas es erneut.

»Das ist eine Lüge!« Ella fauchte und sprang mit einem Satz knapp an Felicitas vorbei zu Boden. »Weißt du, was mit frechen Elfen passiert?« Sie starrte mit tückisch blitzenden Augen zu Felicitas empor, die in der Luft schwebte.

»Ella, nicht!«, rief Lukas noch.

Doch sie hörte nicht auf ihn. Ein Fauchen, ein Sprung. Krallen blitzten.

Gefährliche Ella

Punchy sprang blitzschnell zwischen Ellas zuschlagende Pfote und Felicitas. Gerade noch rechtzeitig, um die Elfe zu beschützen. Dafür wurde Punchy von Ellas Krallen getroffen und zur Seite geschleudert.

Eines wurde sofort klar: In ihrem neuen Katzenkörper besaß Ella deutlich mehr Kraft.

»Hör doch bitte auf!«, rief Lukas. »Verwandle dich einfach zurück und wir reden über alles.«

»Denkst du, darauf falle ich herein?«, fauchte Ella zurück. »Dann bin ich wieder ein Mensch und vergesse, wie toll es als Katze ist. Und meine neuen Freunde werden mich zurücklassen. Spürst du nicht, dass sie so sind wie wir? Hörst du ihre Pfoten? Sie sind fast da.«

»Sie werden uns angreifen«, sagte Lukas beschwörend.

Gleichzeitig glaubte er selbst nicht mehr an seine Worte. Waren es nicht alles Freunde, die auf dem Weg waren? Sie konnten sich zusammenschließen und gemeinsam einen starken Clan bilden. Wieso sollte er überhaupt zurückkehren? Da war nichts, außer einem alten leeren Haus. Wieder spürte er die Vertrautheit in dem, was die Katzen ausstrahlten. Da war eine Gemeinsamkeit. Ein vergangenes Echo, das mit ihnen schwang und ihm irgendwie sehr vertraut war.

Nein!

Er durfte das Herrenhaus nicht vergessen! In ihm lebte seine Familie! Er beschwor die Bilder herauf.

»Du hast Zweifel«, sagte Ella. »Aber bald nicht mehr.«

»Was wird dein Großvater ohne dich tun?«, fragte Lukas. »Ganz allein in seinem Gefängnis.«

Ella stoppte in der Bewegung. »Was? Aber … Großvater?«

»Er braucht dich«, versuchte Lukas weiter zu ihr durchzudringen.

Ella blinzelte, doch einen Moment später straffte sich ihr Katzenleib, spannten sich die Muskeln an. »Netter Versuch.«

Sie sprang, prallte gegen Lukas und schon wurde er von

ihr zu Boden gedrückt. »Mein Großvater hat den Wandeltrank hergestellt. Er wollte, dass ich diesen Weg gehe. Und hier bin ich, eine Katze. Am besten schleiche ich mich in seine Werkstatt und gebe einen Tropfen in seinen Tee. Dann wird er ebenfalls zu einer Katze.«

Lukas konnte nicht glauben, was er da hörte. »Das meinst du nicht ernst.«

»Oh doch.« Sie maunzte zufrieden auf.

Die Angreiferkatzen benutzten nicht die Katzenlinien, nur deshalb waren sie wohl noch nicht hier. Doch Lukas konnte spüren, wie sie durch das Dickicht huschten, sich schnell näherten.

»Ja, du merkst es auch, nicht wahr?« Ella bewegte sich kein Stück von Lukas weg. »Sie sind gleich hier. Dann ist unser sinnloser Versuch, uns gegen den Clan zu stellen, endlich vorbei. Wie konnten wir nur glauben, dass wir eine Chance hätten?«

Lukas hätte ihr beinahe im Reflex zugestimmt. Noch wenige Minuten, das spürte er, und alles war verloren. Er wollte schon jetzt lieber eine Katze bleiben. Mit jeder Sekunde wurde es verlockender und bald würde er seinem inneren Drang nichts mehr entgegensetzen können. »Verwandle dich zurück!«

»Nein.« Ella fauchte.

Etwas traf sie am Kopf. Sie taumelte, Staub flirrte. Lukas war wieder frei.

»Nicht atmen, Lukas!«, rief Felicitas.

Er hielt die Luft an und blickte zu seinen Freunden hinüber. Rani hielt zufrieden seine Steinschleuder in den Katzenpfoten.

»Ich hatte noch eine Kapsel mit Schlafpulver«, sagte der Menok maunzend.

Ella lag auf der Seite und schnarchte leise. Die Freunde stellten sich im Halbkreis um sie herum auf. Jetzt, da Lukas einen kurzen Moment Ruhe hatte, spürte er, was sein Unterbewusstsein ihm die ganze Zeit hatte sagen wollen.

»Das ist also die Wahrheit über die Angreiferkatzen. Dieses Echo, das ich spüre. Es ist das, was sie einmal waren.«

»Du hast es auch begriffen.« Punchy nickte. »Es sind gar keine Katzen. Es sind andere Flüsterwald-Wesen, die mit dem Wandeltrank verändert wurden. Ein paar Minuten haben gereicht und sie wollten nicht mehr ihre ursprüngliche Gestalt annehmen. Ich habe mich bereits gewundert, warum diese Katzen uns angreifen, aber das erklärt alles. Sie hören auf die Zauberin und sind so aggressiv, wie Ella es gerade war. Deshalb können sie auch nur noch Katzisch sprechen.«

»Das ist ja schrecklich«, hauchte Felicitas. »Aber wieso ist es niemandem aufgefallen, dass Wesen aus dem Flüsterwald verschwunden sind?«

»Vielleicht stammen sie gar nicht aus unserem Wald«, sagte Rani. »Oder die Zauberin hat sich immer nur Einzelne geschnappt, bei denen es nicht auffiel. Wenn ein Menok auf Wanderjahre geht, ist er oft sehr lange weg. Da würde es auch niemand bemerken.«

»Damit hat die Zauberin sich eine Armee erschaffen«, sagte Lukas bedrückt. »Und wir können nichts tun, um sie zurückzuverwandeln, weil sie das selbst gar nicht wollen.« Er hätte sich beinahe gegen die Stirn geschlagen, als er endlich begriff. »Das hat die Seherin also gemeint, als sie sagte, dass wir noch nicht das gesamte Bild kennen.«

»Und vermutlich sehen wir längst noch nicht alles.« Felicitas strich sanft über Ellas Fell. »Was machen wir denn jetzt?«

»Als Erstes müssen wir hier weg.« Lukas beugte sich nach unten und packte Ella mit seinem Maul im Nackenfell. »Wir sollten uns beeilen, die Angreiferkatzen sind schon fast hier. «

»Weiter zum alten Palast«, sagte auch Punchy. »Wir sind fast da. Aber dort musst du dich sofort zurückverwandeln, Lukas. Andernfalls droht dir das gleiche Schicksal wie Ella.«

Und nicht nur das. Wenn sie die anderen Katzen erspüren konnten, konnten die Angreiferkatzen sie umgekehrt mit Sicherheit ebenfalls in ihrem Geist wahrnehmen. Sie wussten sicher, dass sie gerade in diesem Moment Katzen waren. Allein deshalb mussten sie am Ziel sofort ihre ursprüngliche Gestalt annehmen. »Also los.«

Sie sprangen zurück in die Schatten und das gerade noch rechtzeitig. Die Linie nahm sie wieder auf.

Mit Ella im Maul war es für Lukas nicht ganz so leicht, voranzukommen. Ihr Gewicht verlangsamte ihn deutlich. Rani, Felicitas und Punchy eilten voraus, warteten aber immer wieder zwischendurch, bis er aufgeschlossen hatte.

Er konnte spüren, dass sich vor allem Punchy um ihn sorgte. Sie hatte wohl Angst wegen des Tranks. Sie wollte, dass er wieder zu einem schwachen Menschen wurde, der von nichts eine Ahnung hatte und auf Hilfe angewiesen war. Als Katze brauchte er keine. Er war selbstständig, musste nicht immer anderen gehorchen. Auch nicht seinen … diesen Zweibeinern, die in dem Haus am Waldrand wohnten.

Ihre Namen hatte er längst vergessen.

Ein Stups ließ ihn zusammenzucken. Punchy war neben ihm aufgetaucht, deutete mit ihrer Pfote nach vorne. Dort verließen Rani und Felicitas gerade die Katzenlinie durch einen glimmenden Spalt – der Eingang zum ersten Palast.

Lukas trottete langsam dorthin, schließlich sollte Punchy nicht glauben, dass er einfach alles tat, was sie sagte. Diese Arroganz musste er ihr austreiben. Was bildete sie sich eigentlich ein? Nur weil sie von irgendeinem Berg stammte und Prinzessinnen beschützte? Vielleicht sollte er ihr auch einen kleinen Schubs geben, damit sie von der Katzenlinie fiel und aus dem Schatten purzelte und irgendwo im Wald wieder auftauchte. Das wäre sicher lustig.

Doch da erreichten sie das Ausgangsportal. Sie tauchten durch einen Vorhang aus Dunkelheit und landeten in den Katakomben unter den Ruinen des alten Palastes. Sofort ließ Lukas Ella fallen. Sie schlief noch immer. Ranis Steinschleuder war gefährlich, Lukas musste sie ihm abnehmen.

»Geht es dir gut?«, fragte Punchy.

Er wollte sie mit seinen Pfoten schlagen. Stattdessen tat er so, als sei alles in Ordnung. »Aber ja. Was sollte auch los sein?«

»Verwandeln wir uns also zurück«, sagte Felicitas.

Plopp.

Schon war sie wieder eine zerbrechliche kleine Elfe. Rani ließ kaum ein paar Sekunden verstreichen, dann saß er als Menok auf dem Boden und strich sich mit dem Greifschwanz durch das Fell, kratzte sich über den Rücken.

»Jetzt du«, sagte Punchy zu Lukas.

»Weißt du«, fauchte Lukas böse, »ich denke nicht daran!«

Dann griff er an.

Ranis heldenhafte Abenteuer

Wie ich meine Freunde schon wieder rettete. Vor allem Lukas.

Es wird euch nicht verwundern, dass ich einmal mehr die Nacht rettete. Ich, als bescheidener Menok, studiere und beobachte und bin damit sozusagen das Gehirn des Abenteuers. Meine Freunde anzuleiten, ohne mich in den Vordergrund zu drängen, ist mein Motto.

Jetzt sah natürlich alles anders aus.

»Lukas ist verloren, er wird ste-he-he-herben.« Tränen rannen über Felicitas' Gesicht. Sie hatte längst jede Hoffnung aufgegeben.

»Ich weiß auch nicht mehr weiter.« Punchy barg ihre Schnauze verzweifelt in ihren Pfoten. Ein Trompetengeräusch erklang, sie schnäuzte sich.

Nachdem ich mich zurückverwandelt hatte, war ich wieder agil wie eh und je. Mein graziler Körper – der fast nur aus Muskeln besteht – warf sich zur Seite, als Lukas auf mich zusprang. Seine Krallen fuhren durch die Luft. Ich wich aus, was für uneingeweihte Beobachter möglicherweise wie ein Stolpern wirkte. Dass ich anschließend gegen die Wand krachte und rückwärts umfiel, war Teil meines Plans. Auf diese Art traf Lukas mich nämlich nicht. Die Beule an meiner Stirn nahm ich schweigend in Kauf, schließlich gehört sich das als Held so.

Nun hätte ich gerne eine weitere Schlafkugel in die Schleuder eingelegt, doch leider waren keine mehr übrig.

Die Katakomben, wo wir uns nun befanden, waren recht ungemütlich. Überall lag eine dicke Schicht aus Staub. Bei unserem Eintreffen hatten sich Fackeln an den Wänden entzündet. An einem Ort, wo Papyrusrollen gelagert wurden, hätte ich ja eher auf Wasserlichter gesetzt, aber wenn die Katzen meinten, sollten sie die Gefahr eben eingehen.

Wobei ich auf der anderen Seite sagen muss, dass selbst meine ausgezeichneten Augen – mit und ohne Brille – keinerlei Papiere entdeckten. Hier unten gab es lediglich gewaltige steinerne Skulpturen in der Form von liegenden Katzen. Sie waren so groß, dass selbst Menschen ordentlich klettern mussten, um bis zum Katzenkopf hinaufzugelangen.

Das Feuer warf seinen flackernden Schein auf unsere kleine

Gruppe und spielte mit den Schatten. Was irgendwie hübsch anzusehen war. Ein Anblick, der mich faszinierte.

~~»Kannst du deinen Spieltrieb jetzt mal unter Kontrolle halten!«, rief Punchy wütend.~~

»Kann seine Heldenhaftigkeit uns vielleicht retten?«, fragte Punchy mit verzweifeltem Blick.

Ich konzentrierte mich wieder auf das unmittelbare Problem.

Lukas hatte seine Angriffe bisher auf mich fokussiert, zweifellos sah er in mir die größte Gefahr. ~~Da ich jedoch auf eine der Statuen geflohen war ...~~ Da ich mir aber vom Rücken einer Statue aus erst einmal einen Überblick verschaffte, ging er jetzt auf Punchy los. Die Arme hatte keine Chance.

»Re-he-hette uns doch!« Felicitas schluchzte bitterlich.

Ja, die Prinzessin war ohne mich aufgeschmissen.

Da Ella immer noch schlief – auch hier hatte ich meine heldenhaften Pfoten im Spiel –, gab es wenigstens nur einen Gegner.

Ich sprang elegant zu Boden ... auf mein Hinterteil. Das war so gewollt.

Lukas holte aus.

»Das willst du nicht tun«, sagte ich, meine Fäuste in die Hüften gestemmt, jeden Muskel angespannt.

Er wollte doch.

Schon holte er aus. Die Flammen der Fackeln warfen meinen

Schatten übergroß an die Wand. Wenn ich mich ein wenig zur Seite neigte, kam der linke Armpfotenmuskel unter dem Fell deutlich besser zur Geltung.

Lukas verfehlte mich.

Ha! Er hatte keine Chance!

~~»Hör auf, deinen Schatten so verliebt anzusehen«, rief Felicitas verärgert.~~

»Vo-ho-ho-rsicht mein Held, du solltest achtsamer sein«, rief Felicitas, die Augen vor Angst weit aufgerissen. (Angst um mich, das war eindeutig).

»Du wirst mich niemals besiegen, Lukas!«, warf ich ihm meine Worte entgegen wie Stinkmorcheln. »Gib lieber gleich auf und werde wieder zu einem Menschen!«

Leider war er überhaupt nicht einsichtig. Stattdessen rammte er mich, sodass ich zur Seite flog, und griff Punchy an. Irgendwie gelang es dieser, seinen Hieben auszuweichen. Heute war wohl ihr Glückstag. Doch mir sollte besser bald etwas einfallen.

»Wir sind doch deine Freu-heu-heu-heunde«, rief Felicitas. (Sie schluchzte, aber das schreibe ich jetzt nicht jedes Mal dazu, denkt es euch einfach.)

»Meine Freunde sind die Angreiferkatzen. Gleich werde ich sie rufen und dann kann nicht einmal Rani sie aufhalten, obwohl er so stark und klug ist«, gab Lukas zurück.

Ich strich kurz beeindruckt über mein Fell. Vielleicht konnte ich die Angreiferkatzen mit meinem Schatten in die Flucht schlagen. Wenn sie den sahen, gaben sie bestimmt sofort auf.

»Du kannst sie von hier unten aus gar nicht rufen, Lukas«, sagte Punchy. »Der Fels dämpft die Magie und deshalb können sie dein geistiges Leuchten nicht wahrnehmen.«

»Noch nicht«, gab Lukas böse zurück. »Aber wenn ich ein paar Treppenstufen hinaufsteige, werden sie mich erspüren. Ihr hättet euch nicht zurückverwandeln sollen. Punchy war sowieso verloren, aber du, Felicitas, hättest Teil des Clans werden können.«

Mich erwähnte er gar nicht. Vermutlich war Lukas klar, dass ich mich niemals angeschlossen hätte und die Freiheit des Flüsterwaldes bis zum letzten Atemzug verteidigen würde. Nicht einmal mit Schokolade hätten sie ... ~~Ob es bei den Angreiferkatzen Schokolade gab? Dann könnte ich mir das Ganze ja noch mal überlegen.~~ ... mich dazu bekommen, ihnen zu folgen.*

»Ich ertrage das nicht lä-häh-hä-nger.« Felicitas hob ihre rechte Hand an die Stirn, als habe sie plötzlich Kopfschmerzen. Ihr Blick war theatralisch in die Höhe gerichtet. »Wenn es so sein soll, dann mach es schnell.«

Sie sauste in die Tiefe und warf sich vor Lukas' Pfoten. Ganz offensichtlich hatte sie aufgegeben.

* Punchy hat mir mittlerweile erzählt, dass Katzen gar keine Schokolade essen. Damit hat sich das sowieso erledigt.

Grimmig stürzte sich Lukas auf die Elfe. Er hatte das Maul aufgerissen, mit seinen Krallen presste er sie zu Boden.

»Prinzessin!«, rief Punchy. »So rette sie doch endlich, Rani!«

»Natürlich«, versicherte ich schnell. »Lass sie gefälligst los, Lukas!«

Er reagierte nicht auf meine deutlichen Worte. Womöglich war er sich der Gefahr, der er durch mich ausgesetzt war, nicht bewusst. Sein Verstand war schließlich vernebelt, wie sollte er da realisieren, dass er verloren hatte?

Dann geschah etwas.

So richtig konnte ich nicht begreifen, was es eigentlich war. Für eine Sekunde blitzte in Lukas' Katzengesicht Erkennen auf. Wut und Aggression verschwanden, sein Blick klärte sich. Obwohl er noch immer eine Katze war, wirkte er jetzt wieder viel mehr wie Lukas.

Meine Worte waren also doch zu ihm durchgedrungen! Es hatte nur etwas gedauert.

Felicitas lächelte. »Kommst du jetzt zu uns zurück?«

Lukas maunzte.

Plopp.

Er hatte sich zurückverwandelt und saß als schwacher kleiner Mensch neben Felicitas. Aufgrund meiner Bescheidenheit verzichtete ich auf Verbeugungen, Jubelrufe und Huldigungen. Stattdessen setzte ich mich wieder hin, zog mein Büchlein hervor und begann eifrig, die Ereignisse festzuhalten.

Schließlich konnte es leicht passieren, dass man sich nicht mehr an alles wahrheitsgetreu erinnerte, wenn man zu lange wartete. Ich jedoch wollte unbedingt alle Details niederschreiben.

Anmerkung:

Unbedingt eine Abschrift meines Abenteuers an die Redaktion von Winimuff Sauseblitz schicken. Vielleicht schaffe ich es ja damit in die Flüsterzeitung.

Verwandle dich!

»Danke, Felicitas.«

Lukas saß auf dem Boden und konnte nicht fassen, dass er gerade seine Freunde angegriffen hatte. Das letzte Erinnerungsbild, das er von seiner Zeit als Mensch hatte, war seine Mutter gewesen. Doch schließlich war auch sie verblasst, wie alles andere.

Als Felicitas jedoch bereit gewesen war, sich zu opfern, und ihr gesamtes Leben in seine Hände legte, hatte sich der Nebel wieder gelichtet. Seine Erinnerung an die Abenteuer im Flüsterwald war zurückgekehrt. Nur für wenige Sekunden, aber das genügte.

»Du kannst ja nichts dafür«, sagte die Elfe. »Mach dir keine Sorgen. Ich wusste, dass du mir niemals etwas tun würdest.«

Ihr Vertrauen wärmte Lukas' Brust und er lächelte. Tatsächlich war die Vorstellung undenkbar. Andererseits hatte der magische Trank ihn komplett verändert. Wir gefährlich er wirklich war, wurde Lukas erst jetzt bewusst. Niemals wieder würde er einen Tropfen davon trinken.

»Wieso hat der Professor einen solch mächtigen und gefährlichen Trank erschaffen?«, fragte Punchy.

»Er hat ihn weggeschlossen«, sagte Lukas. »Und uns gewarnt, ihn auf gar keinen Fall zu benutzen.«

Mit zittrigen Beinen stand er wieder auf.

»Er hat den Trank in seinem eigenen Haus weggesperrt«, ergänzte Felicitas. »Das ist schon irgendwie seltsam.«

»Fragen wir ihn das später«, sagte Lukas und beugte sich über Ella. »Wie bekommen wir sie nur dazu, wieder zu einem Menschen zu werden?«

Nach seinem Gespräch unter dem Schnee mit ihr war Lukas klar, dass Ellas Anker, ihre Verbindung zum normalen Leben, längst fort war. Das Risiko, sich dieses Mal vor Ellas Pfoten zu werfen, sollte Felicitas also vielleicht besser nicht eingehen.

»Wir müssen den Zauber durchbrechen«, sagte Punchy. »Bei dir ist es gelungen, weil ein Rest Menschlichkeit vorhanden war. Wenn davon bei Ella nichts mehr übrig ist, geht es nur, wenn wir bis ganz tief zu ihrem Kern vordringen. Zum unveränderlichen Teil ihres Ichs. Aber das ist nur mithilfe von Magie möglich.«

Lukas sah zu Felicitas. »Kannst du das?«

Die Elfe schüttelte bedrückt den Kopf. »Das ist Geistesmagie, so was ist nicht so einfach. Dafür müssen gewisse Voraussetzungen vorhanden sein. Selbst mit dem Rest der Magie, die durch das Herz des Waldes in mir wohnt, ist das unmöglich.«

Lukas blickte zu Ella und war fast versucht, sie tröstend zu streicheln. Vermutlich hätte sie ihm in den Finger gebissen, wenn sie erwacht wäre.

»Könnte es hier irgendwo einen Zauber geben?« Er sah sich suchend um.

Außer den gewaltigen Statuen, die sich bis tief in die Schatten erstreckten, gab es hier nichts. Die Flammen der Fackeln tanzten umher, enthüllten jedoch darüber hinaus lediglich Stein.

Felicitas flatterte näher an die Katzen-Ella heran, hielt sich aber außerhalb der Reichweite ihrer Krallen. »Da ist etwas. Ganz schwach, doch ich kann es fühlen.«

»Ihr letzter Rest«, sagte Lukas niedergeschlagen.

»Ihre Magie«, korrigierte die Elfe. »Der Meisterschlüssel. Er ist selbst durch Wandeltränke nicht veränderbar und ist tief mit ihr verwoben. Leider hilft uns das nicht weiter.«

Lukas riss die Augen auf, als ihm eine Idee kam. »Natürlich, das ist es! Ich habe mich doch bereits einmal mit Ella verbunden. Über unsere Magie!«

»Siegel und Pfad«, sagte Punchy sofort. »Das könnte tatsächlich funktionieren. Sie hatte die Blinzelmagie genutzt, du die Siegelmagie.«

Lukas ging neben Ella in die Knie und nahm sie sanft auf. Er konnte seine Siegelmagie noch immer nicht bewusst einsetzen, es war nach wie vor mehr ein Instinkt. Doch er würde nichts unversucht lassen. Mit einem tiefen Atemzug schloss er die Augen.

»Und?«, fragte Rani.

»Es ist gerade eine Sekunde vergangen«, sagte Lukas. »Ein wenig mehr Zeit brauche ich schon.« Er versuchte, in sich hineinzuspüren und die magische Verbindung zwischen Ella und ihm zu ertasten, doch es klappte nicht. Möglicherweise war da eine Wärme, etwas Helles. Ebenso gut konnte es Einbildung sein.

»Warte.« Felicitas landete auf Lukas' rechtem Bein. Mit einer Hand berührte sie Ella, mit der anderen seinen Arm. »Ein wenig Elfenstaub wird bestimmt helfen. Als Startunterstützung.«

Flirrend breitete der Staub sich aus und rieselte herab. Lukas schloss erneut die Augen.

Jetzt fühlte er das Licht deutlich stärker. Doch es stieß ihn zurück, immer wieder. Es wollte keine Verbindung. Genau dieser Wille musste aber von Ella selbst hergestellt werden.

Die in diesem Augenblick erwachte.

Sie fauchte.

Felicitas zuckte zusammen, Lukas ebenso und Ella hing für eine Sekunde zwischen Erwachen und Schlaf. Es war der Moment, in dem keine bewusste Kontrolle stattfand – dafür entfaltete sich reiner Instinkt.

Siegel und Pfad verbanden sich.

»Verwandle dich!«, schickte Lukas seine Botschaft an Ella.

Das Bild seiner besten Freundin tauchte in seinem Geist auf – so, wie sie als Mensch aussah. Die Katze schob sich schemenhaft darüber.

Ellas Geist klärte sich.

Erneut lediglich für eine Sekunde, doch das genügte.

Plopp.

Felicitas flog zur Seite, als Ella wieder ihre menschliche Gestalt einnahm.

»Warum sitze ich auf deinem Schoß?«, fragte sie verdutzt.

»Der ist so bequem«, gab Lukas trocken zurück.

Sie rollte sich zur Seite und stand auf. »Mein Kopf. Alles

ist so verschwommen.« Ihre Augen weiteten sich. »Habe ich euch angegriffen?«

»So was von«, bestätigte er. »Hast 'ne ganz schöne Rechte so als Aggro-Katze.«

»Tut mir total leid.«

»Lukas hat uns auch angegriffen«, sagte Rani, wobei er weiter Notizen in sein Buch schrieb, nicht aufblickte und lediglich mit dem Greifschwanz kurz in seine Richtung deutete.

»Aha?« Ella verschränkte die Arme.

»Auf jeden Fall sind wir wohlbehalten wieder zu Menschen geworden«, haspelte Lukas und richtete sich auf. »Das ist doch alles, was zählt.«

»Stimmt. Danke für deine Hilfe! Das war echt beängstigend. Ohne diese Verbindung hätte ich mich zwar noch daran erinnert, dass ich irgendwann mal ein Mensch war, aber zurückverwandelt … niemals.«

»Gefährlicher Trank.« Lukas dachte an das Etui in seinem Rucksack mit den anderen Phiolen, die sie im geheimen Fach gefunden hatten.

»Wenigstens sind wir jetzt hier.« Ella breitete die Arme aus. »Auch wenn ich keine Ahnung habe, wie wir am Ende von hier fortkommen sollen.«

»Eins nach dem anderen«, sagte Felicitas. »Wir haben

es bis hierhergeschafft, hinaus kommen wir auch wieder. Aber erst mal sollten wir endlich unsere Antworten finden. Irgendwo hier müssen sie schließlich versteckt sein.«

»Versteckt trifft es ganz gut.« Lukas sah sich noch einmal um. »Ich sehe hier keine Schriftrollen oder Bücher.«

Rani schüttelte ebenfalls den Kopf. »Hier ist nirgendwo Magie, das hätte ich schon bemerkt.«

Ratlos standen die Freunde in der Kammer, die genau genommen eher ein Gang war. Sein Ende verlor sich in der Dunkelheit.

»Dann bleibt uns wohl nur, tiefer in die Katakomben vorzudringen«, sagte Lukas schließlich. »Die Seherkatze hat uns hierhergeschickt, also muss es auch einen Grund dafür geben.«

»Vielleicht hat sie nur zu viel vom falschen Tee getrunken und ein wenig fantasiert«, kam es prompt von Rani.

»Wie immer bist du ein Quell der Hoffnung.« Ella runzelte die Stirn.

»Gern geschehen«, sagte der Menok.

Langsam gingen sie tiefer in die Katakomben.

An den Anfang

Die Katzenskulpturen erinnerten Lukas an das alte Ägypten. Auf viereckigen Sockeln ragten sie auf. Ungefähr dreimal so groß wie er, auf beiden Seiten des Raums. Die Gesichter waren ihm zugewandt, wodurch eine Schneise entstand; ein Gang, gesäumt von Statuen.

Ein Geruch von Öl lag in der Luft, ausgehend von den Fackeln, die zuckende Schatten an die Wände warfen. Darunter mischte sich der Geruch von brennendem Staub. Hier war schon lange niemand mehr gewesen.

»Nichts«, sagte Rani auf Lukas' fragenden Blick hin. »Hier ist nirgendwo Magie.«

Da sie nicht wussten, wo eine mögliche Antwort zu finden war, hatten sie sich einfach für eine Richtung entschieden und waren losgelaufen. Notfalls mussten sie am Ende eben den ganzen Weg zurück und dann in die andere Richtung laufen.

Ein stetiger Wind strich mit einem leisen Geräusch den Gang entlang, ließ Lukas' Haare flattern. Hier unten gab es also auf jeden Fall einen Zugang zur Außenwelt. Luftschächte vermutlich.

Als sie tiefer in den Gang vordrangen, wurden die Katzenskulpturen weniger. Jetzt ragten dazwischen Steinsockel auf, die kunstvoll verziert waren. Auf der Oberseite waren Szenen herausgehauen worden. Katzen, die kämpften. Katzen, die durch den Wald streiften. Doch nichts, was ihnen genauere Aufschlüsse gab.

Irgendwann erreichten sie das Ende des Ganges, wo eine letzte Statue aufragte.

»Tja, das war es dann wohl.« Rani kratzte sich mit seinem Greifschwanz am Rücken. »Hier gibt es keine Pergamente oder so.«

Felicitas flog in die Höhe, sah sich um und ließ die Schultern hängen. »Ich sehe auch nichts.« Ein wenig Elfenstaub rieselte von ihren Flügeln herab und traf auf die Skulptur zu ihrer Rechten.

Lukas zuckte zurück, als etwas geschah. Der Stein schimmerte, wurde zu Fell. Ein Gähnen erklang.

»Oh, hallo.« Die Katze schlug die Augen auf. »Wer seid ihr denn?«

Sie war noch immer so groß, wie die Statue gewesen war, lag auf allen vieren und trug verzierte Bänder an Armen und Beinen. Der Körper steckte in einer Rüstung aus Leder.

»Wir sind Besucher«, krächzte Lukas.

»Es war seine Idee.« Rani deutete mit dem Greifschwanz auf ihn.

Ella übernahm. »Das Herz des Waldes – also unseres Flüsterwaldes – schickt uns. Wir wollten nachsehen, was hier passiert ist. Eine verletzte Katze ist zu uns gekommen.« Sie fasste in kurzen Worten alles zusammen, was seitdem geschehen war.

»Beschützer des Herzwaldes«, sagte die Katze. »Ich verstehe. Mein Name ist Mabula Usara Faris von Tikan.«

»Mufti also«, sagte Rani. »Das passt.«

»Ich bin die erste Königin des Katzenwaldes«, ihr Blick traf den Menok, »und ihr nennt mich nicht Mufti!«

Punchy verbeugte sich tief. »Natürlich nicht, eure Hoheit.«

»Mabula ist in Ordnung.« Sie winkte huldvoll. »Mein Blick reicht nicht über diese Katakomben hinaus. Was ich euch anbieten kann, ist ein Blick weit zurück. Aber nur in jenen Teil der Geschichte, als ich regierte. Für die spätere Zeit müsst ihr zu einer anderen Königin.«

»Interessantes Konzept«, sagte Ella.

»Ich war für meine großartigen Ideen bekannt.« Mabula zwinkerte ihr zu. »Also«, sie räusperte sich, »gut zuhören.«

Sie wartete, bis jeder von ihnen genickt hatte.

»Der Entstehung des Katzenwaldes gingen lange Beratungen voraus. Ihr müsst wissen, dass es alles andere als einfach ist, einen neuen Flüsterwald zu erschaffen. Mit einem Schattenwald geht das leichter, da reicht eine einzige Waldseele, die ihre Magie benutzt. Hier allerdings mussten zuerst die Seelen aller Flüsterwälder zustimmen und sich entscheiden zusammenzuarbeiten. Jede Seele musste einen Teil von sich einfließen lassen, um diesen neuen Ort zu erschaffen. Bis es dazu kam, wurden Abgesandte hin und her geschickt, es gab viele Gespräche mit dem Seelenbund.«

»Seelenbund?«, echote Ella und versuchte sich zu erinnern, was ihnen auch der Chronist bereits darüber erzählt hatte.

»Alle Seelen der verschiedenen Flüsterwälder sind miteinander verbunden. Große Herausforderungen werden von ihnen gemeinsam angegangen. Euer Herz war ebenfalls Teil dieses Bundes, doch wie mir von späteren Katzen zugetragen wurde, zog es sich zurück, als die dunklen Jahre begannen. Schließlich stimmten die Seelen der Wälder also zu und der Katzenwald wurde erschaffen. Jede Seele ließ einen Teil von sich einfließen und etwas Neues erwuchs.«

Auf dem Stein zeichneten sich Linien ab, die das Geschehene blitzschnell nachzeichneten. Bisher deckte sich alles mit den Erzählungen des Chronisten. Lukas erkannte verschiedene Symbole, die wohl für die Seelen der anderen Flüsterwälder standen. Darunter auch einen gewaltigen Felsen. Sie verschwanden, als die Linien auseinanderfielen und sich neu formten.

»Aber ihr habt in eurem Katzenwald doch gar keine Seele des Waldes, oder?«, fragte Lukas.

Mabula lachte samtig. »Mein junger Freund, wir hier unten *sind* die Seele des Katzenwaldes. Am Anfang war der Ursprungsfunke noch ohne Form. Doch als meine Regentschaft endete und ich hier unter dem alten Palast zur Ruhe gebettet wurde, verband sich mein unsterbliches Wesen mit dem Funken. Jede Katzenkönigin, die hier unten ihren langen Schlaf beginnt, wird ebenfalls zu einer Facette der Waldseele. So sind wir alle eins.«

Das fand Lukas wunderschön. Die Königskatzen lebten weiter, ihr Wissen blieb erhalten und keine von ihnen war allein. Und jeder Seelensplitter erweiterte die Gemeinschaft durch einen Teil seines Ichs.

»Unser Volk entwickelte sich und mit jedem verstreichenden Jahr konnten wir die Ordnung festigen, aber gleichzeitig unsere Vielfalt erhalten.« Mabula strich sich mit der Pfote durch das Fell. »Natürlich war es nicht immer einfach. Es gab dunkle Mächte, die ihren Weg hierher suchten. Wir mussten die Schöpfungsapparatur stets verteidigen. Sie ist noch genauso kostbar wie damals.«

»Schöpfungsapparatur!«, wiederholte Lukas und nickte eifrig. »So hat Zottelfell das würfelförmige Ding genannt, in dem der Meisterschlüssel steckt!«

»Als die Seelen einen Teil von sich schenkten«, sprach Mabula weiter, »sind all diese Teile in die Schöpfungsapparatur geflossen und dort zu einem neuen Ganzen verschmolzen. Mittels dieser Apparatur, gebaut von den Blinzelingenieuren des Herzwaldes, wurde der Katzenwald erschaffen.«

Lukas konnte Mabula nur entsetzt anstarren. Bisher war er davon ausgegangen, dass die Apparatur im Thronsaal lediglich für die Versteinerung der Katzen angewendet wurde. Doch jetzt war es, als würden sich die einzelnen Puzzleteile neu sortieren und ein komplett anderes Gesamtbild ergeben. Ein Gesamtbild, das auf so machtvolle und gefährliche Auswirkungen hindeutete, dass er es sich gar nicht ausmalen wollte.

»Ich spüre dein Entsetzen, mein junger Freund«, sagte die Königskatze. »Du tust recht damit. Wenn, wie ihr sagt, die böse Zauberin, den Meisterschlüssel beschafft hat, besitzt die Schöpfungsapparatur einen Zugang zu den anderen Flüsterwäldern.«

»Heißt das etwa …? Könnte die Apparatur vielleicht …?«, stammelte Lukas, der immer noch dabei war, seine Gedanken zu ordnen. Schließlich sprach er das Unfassbare aus: »Bei der Erschaffung des Katzenwaldes wurde die Apparatur ja genutzt, um die Magie zu bündeln. Wäre es möglich, dass die Apparatur Magie auch abziehen kann?«

Mabula nickte mit ernstem Blick. »Das hast du richtig erfasst, junger Freund. Die Schöpfungsapparatur war bei ihrer Erschaffung zwar nie dafür vorgesehen – aber wenn sie mit entsprechend starker Magie manipuliert wird, kann sie auch dafür eingesetzt werden.«

»Deshalb hat die Zauberin den Meisterschlüssel gestohlen«, hauchte Ella. »Das heißt also, diese Schöpfungsapparatur entzieht über die Verbindungen der Blinzelbahn Magie.«

»Die Zauberin nutzt die Schöpfungsapparatur mit großer Wahrscheinlichkeit, um die Flüsterwälder zu berauben, ihre Magie aufzusaugen wie einen Schwamm«, stimmte Mabula zu. »Sie entreißt sie und bündelt sie in dem Artefakt. So hat sie es euren Beschreibungen zufolge vermutlich mit den magischen Wesen in unserem Wald gemacht. Die Versteinerung ist dabei eher ein Nebeneffekt. Entzieht sie nämlich jemandem ausreichend Magie, wird er zu Stein. Davor ist kein einziges Flüsterwald-Wesen sicher. Nicht hier, nicht anderswo.«

Lukas bekam eine Gänsehaut. Nun sah er den Schrecken des Gesamtbildes deutlich vor sich. Die schwindende Magie im eigenen Flüsterwald. Dazu eine so machtvolle Apparatur, mit deren Hilfe ringsum Magie abgesaugt und gebündelt werden konnte. Und wenn die Apparatur an den Meisterschlüssel gekoppelt blieb, bedeutete das, dass sie über die Blinzelbahn unaufhaltsam alle Flüsterwälder beraubte.

»Die Zauberin könnte mithilfe der Schöpfungsapparatur die Magie sämtlicher Flüsterwälder abziehen«, sprach er tonlos aus, was ihm gerade in seiner ganzen Wucht klar geworden war.

Ella war blass geworden. »Und damit würde sie alle Flüsterwälder versteinern.«

»Aber was will sie mit der Magie?«, fragte Lukas.

»Ist das nicht eindeutig?«, sagte Ella, die sich offensichtlich schneller gefasst hatte als er. »Sie nutzt die Apparatur für genau das, wofür sie geschaffen wurde. Zuerst lädt sie sie mit Magie auf und dann …«

Und endlich begriff Lukas.

Die Zauberin wollte einen Flüsterwald erschaffen. Und dafür war sie bereit, alle anderen zu vernichten.

An das Ende

»Einen eigenen Flüsterwald«, echote Rani und kratzte sich den Rücken. »Aber wozu?«

»Solange wir nicht wissen, wer sie ist, werden wir das nicht erfahren«, sagte Ella. »Doch es passt. Zuerst erschafft sie sich mit dem Wandeltrank eine Armee aus Katzen, die in Wahrheit gar keine sind. Sie selbst verbirgt sich, damit niemand sie kommen sieht. Und während wir uns noch freuen, den dunklen Magier besiegt zu haben, stiehlt sie den Meisterschlüssel.«

»Von dem wir zuerst dachten, dass sie ihn nur benötigt, um die Blinzelbahn zu den fernen Wäldern abzuschalten«, nahm Lukas den Faden auf. »Das stimmt zwar, aber sie kann damit außerdem die Schöpfungsapparatur bedienen.

Jetzt braucht sie nur noch die notwendige Magie, quasi den Treibstoff.«

»Und den schnappt sie sich durch all die Katzen, die sie versteinert hat«, sagte Felicitas. »Und sie zapft von unserem Flüsterwald – und wahrscheinlich auch von allen anderen – Magie ab.«

»Deshalb wachsen die Bäume im Menok-Tal nicht nach.« Rani blickte grimmig drein. »Das ist so gemein.«

»Wir müssen mehr erfahren«, sagte Lukas.

»Dann kehrt um und geht an das Ende des Ganges.« Mabula deutete in die Richtung, aus der sie gekommen waren. »Die Letzte der Königinnen regierte bis vor Kurzem. Möglicherweise kann sie euch weitere hilfreiche Informationen geben. Ich bin jetzt sowieso wieder müde, der Elfenstaub war ja nicht viel.«

Sie gähnte, rekelte sich und wurde erneut zu Stein.

Rani stupste sie mit dem Finger an. »Also ich hätte ja keine Lust, jedes Mal wieder zu versteinern.«

Lukas fand, dass diese ganze Versteinerungsgeschichte sowieso nicht gerade nett war. Die Warks, die einen versteinern konnten, die Zauberin und jetzt auch noch die alten Königskatzen in den Katakomben, die einen Teil dieser Waldseele bildeten. Aber die machten es wenigstens freiwillig.

»Dann los.« Ella deutete den Gang hinunter.

Sie eilten wieder zurück. Im Vorbeigehen betrachtete Lukas die steinernen Katzen genauer. Jetzt erkannte er auch, dass sie völlig unterschiedlich gekleidet waren. Mal in Rüstung, mal in Gewand. Einige hatten Bänder in ihr Fell geflochten, andere trugen gar nichts.

»Oh, ich werde einen tollen Aufsatz über all das hier schreiben«, freute sich Felicitas. »Der wird fabelhaft und besser als alles, was Mirabella abliefern kann.«

Lukas beging nicht den Fehler, hier einzuhaken. An dem Tag, an dem Felicitas und Mirabella aufeinandertrafen, würde aus der freundlichen Elfenprinzessin vermutlich ein feuriger Kampfkomet werden.

Sie erreichten das andere Ende des Ganges und Felicitas streute erneut Elfenstaub.

Wieder erklang ein Gähnen. »Oh, guten Tag. Ich habe mich schon gefragt, wann mal wieder Beschützer des Waldes auftauchen.«

Lukas blinzelte. »Gibt es denn mehrere?«

»Du bist lustig.«

»Ist er?«, fragte Rani. »Du bist bestimmt noch vom Schlaf verwirrt.«

Die Katze richtete ihren Blick auf den Menok, der sich prompt ganz klein machte. »Ich bin Talawa Pertusi

Inimagna von Zerubel. Aber ihr dürft mich mit Talawa oder Eure Königliche Hoheit ansprechen.« Die Königin besaß farbige Tupfen in ihrem Fell und trug eine smaragdbesetzte Halskette.

»Wir sind hier, weil wir Hilfe benötigen, Eure Königliche Hoheit.« Punchy beugte das Haupt und übernahm das Reden.

»Gut, dass ihr sofort zu mir gekommen seid«, sagte Talawa. »Die anderen verlieren sich immer total in ihren Epochen. Geht es da erst mal los mit dem Erzählen, kommt ihr tagelang nicht mehr heraus. Also beginnen wir mit der Entstehung des Katzenwaldes.«

»Aber …«, setzte Rani an.

»Gerne«, übertönte Lukas den Menok, was ihm ein huldvolles Nicken der Königin einbrachte. Er wusste nicht, wie Talawa auf ihren Besuch bei Mabula reagieren würde, und wollte kein Risiko eingehen. Daher lauschten sie also der bereits bekannten Geschichte und sagten hier und da »Ohhhh« oder »Ahhh«. Bis sie endlich in der Gegenwart angekommen waren.

»Wer ist die Zauberin?«, fragte Ella.

»Woher soll ich das wissen?«, gab Talawa zurück. »Da ich erst vor einigen Jahren den großen Schlaf angetreten habe, behalte ich die Welt dort oben zwar noch im Blick.

Ich kann euch aber nur erzählen, dass sie eines Tages hinter ihrem seltsamen Nebelfeld auftauchte – was für ein Gestank – und loslegte. Wäre ich noch Königin gewesen, hätte ich sie mit einem Pitchi-Schläger durch den Flüsterwald geschossen.«

»Was ist ein Pitchi-Schläger?«, rutschte Lukas die Frage heraus.

»Oh, das ist eine Sportart«, erklärte Talawa.

»Du weißt nicht, was Pitchi ist?«, fragte Rani.

»Lukas.« Felicitas schlug die Hände vor den Mund. »Jeder weiß das.«

»Ihr wisst doch, dass wir andere Sportarten bei uns haben«, sagte er nachdrücklich.

Einmal mehr wurde Lukas bewusst, wie wenig er über den Flüsterwald überhaupt wusste. Wie auch? Erst seit ein paar Wochen unternahm er die Streifzüge und es gab noch so viel zu erfahren. Dass es eine Flüsterzeitung gab, war nur eine Sache. Oder eben, was es mit diesem Pitchi-Sport auf sich hatte.

»Vielleicht verschieben wir das auf ein anderes Mal«, sagte Ella. »Eure Königliche Hoheit erzählt so spannend von dem Angriff der Zauberin. Wie ging es denn weiter?«

»Ich mag dich«, sagte Talawa an Ella gewandt. »Du gäbst eine gute Katze ab.«

Woraufhin Ella erst einmal erbleichte.

Glücklicherweise sprach die Königin weiter. »Sie tauchte also eines Tages auf, brach in den Sicherungstresor des Königspalastes ein – was niemandem gelingen sollte – und schnappte sich die Schöpfungsapparatur. Noch während alle versuchten, ihren neuen Aufenthaltsort ausfindig zu machen, kehrte sie plötzlich ein paar Tage später wieder zurück. Da hatte sie die Schöpfungsapparatur bereits leicht umgebaut. Nun war es nicht nur möglich, mit ihrer Hilfe Magie zu bündeln, es ließ sich auch Magie regelrecht entreißen. Die Zauberin versteinerte so ziemlich alle Katzen. Der Schneeclan kam davon, weil sie eben keine Magie besitzen. Und die Seherkatze, weil sie so nah an der Flamme lebt, dass sie in der einen Sekunde zu Stein und in der nächsten aufgrund der hohen Flammenmagie wieder lebendig wurde. Sie hat es nicht einmal gemerkt. Die Zauberin ging mit der Apparatur fort, kam kurz darauf aber wieder. Dann ist sie erneut verschwunden, hat dieses Mal aber die Apparatur und ihre seltsamen Gefolgskatzen zurückgelassen.«

»Wir nennen sie Angreiferkatzen«, half Lukas aus.

Doch Talawa ignorierte ihn. »Als die Zauberin erneut zurückkehrte, besaß sie den Schlüssel, um die Schöpfungsapparatur an die Bindungslinien zu den fernen Wäldern anzuschließen.«

»Die Blinzelbahn«, hauchte Lukas.

»Seitdem läuft die Apparatur und zieht die Magie aus den Flüsterwäldern. Und die Gefahr ist noch viel größer. Die Zauberin sucht nach einem Einstiegspunkt, um Zugriff auf den Seelenbund zu erhalten. Gelingt es ihr, Magie von einer Waldseele abzuziehen, die mit dem Bund verknüpft ist, würde es gleichzeitig auch alle anderen verbundenen Seelen versteinern.«

Punchy maunzte erschrocken auf. »Das wäre das Ende.«

»So ist es«, bestätigte Talawa. »Ausnahmen sind nur wir hier unten, weil wir niemals Teil des Seelenbundes waren, und das Herz in der Herzburg, weil es noch nicht wieder Verbindung aufgenommen hat nach seiner Rückkehr. Die Katzen bei uns wurden nur versteinert, weil die Schöpfungsapparatur direkt hier steht. In eurem Flüsterwald wird erst einmal nur sämtliche Magie verschwinden. Doch das Herz wird bis zuletzt durchhalten. Erst dann werdet auch ihr zu Stein werden und die Herz-Seele aufgesaugt.«

Ein eisiger Schreck fuhr Lukas in die Glieder. Bedeutete das, dass es in den anderen Flüsterwäldern bereits noch schlimmer aussah? Waren die Wesen dort schon versteinert? Die Seelen des Seelenbundes bereits in Gefahr? »Und du bist sicher, dass die Zauberin den Zugang zum Seelenbund noch nicht hat? Äh, Eure Königliche Hoheit.«

Talawa nickte huldvoll. »Ich habe ein Gespräch belauscht, in dem es darum ging. Sie ist wohl aktuell dabei, dieses Problem zu lösen.«

Die Gefahr war sogar noch viel größer, als sie bisher angenommen hatten. Sie mussten etwas unternehmen, und zwar schnell.

»Ich nehme an«, sagte Talawa versonnen, »dass sie am Ende auch uns aufsaugt und die Schöpfungsapparatur dann in euren Herz-Flüsterwald bringt. Dann ist nichts mehr übrig. Wir mögen keine Verbindung über den Bund haben, doch wenn die Schöpfungsapparatur vor Ort ist, kann jede Seele damit angegriffen werden. Von uns weiß sie glücklicherweise ja nichts. Mit dem letzten Funken der Herzmagie wird sie dann einen riesigen neuen Flüsterwald erschaffen.«

Lukas wollte gar nicht weiter darüber nachdenken. »Kannst du uns sagen, wie wir sie aufhalten können? Irgendwas?«

Talawa dachte nach. »Der Schlüssel ist eindeutig die Schöpfungsapparatur. Einst ist sie für uns geschaffen worden, doch jetzt erweist sie sich als gefährliche Waffe.«

»Dann ist unsere einzige Möglichkeit, dass wir die Apparatur abschalten«, sagte Ella.

Talawa seufzte. »Jetzt hast du mir das Finale kaputt gemacht, das wollte ich doch erzählen. Ich mag dich wieder weniger.«

»Also ich war still«, sagte Rani.

»Dann mag ich dich jetzt mehr.« Talawa deutete auf den Menok. »Also, wollt ihr noch etwas wissen, dann riesele mal den Elfenstaub rüber. Falls nicht, geh ich wieder schlafen.«

»Wie kommen wir hier raus?«, fragte Lukas.

»Geheimgang, zweite Katze auf der rechten Seite. Diese Königin gab es nie.« Ein müdes Blinzeln. »Einfach auf eine der Zehen drücken.«

Talawa gähnte »Ich …«, begann sie und zuckte plötzlich zusammen. »Da stimmt etwas nicht. Die Schöpfungsapparatur ist hier. Direkt über uns.« Ihre Stimme wurde hektisch. »Sie haben uns gefunden!«

Der Elfenstaub war aufgebraucht und Talawas weltliches Abbild versteinerte. Doch Lukas wusste, dass der unsterbliche Geist aller ehemaligen Königinnen noch hier war – und zusammen bildeten die Seelensplitter der alten Königinnen die Seele des Katzenwaldes. Die jetzt in unmittelbarer Gefahr schwebte.

»Wir haben sie hierhergeführt«, sagte Ella verzweifelt. »Die Katzenlinie hat hier geendet. Die Angreiferkatzen müssen uns darüber aufgespürt haben.«

Und jetzt hatten sie die Schöpfungsapparatur in den alten Palast gebracht, um die Seele des Katzenwaldes aufzusaugen.

»Los!«, rief Lukas.

Sie rannten zur zweiten Katze auf der rechten Seite, um den Geheimgang zu öffnen.

Ein waghalsiger Plan

Lukas berührte einen Zeh der rechten Katzenpfote.

Tatsächlich schob sich ein Teil der Steinkatze zur Seite und enthüllte Stufen, die im Inneren der Statue begannen und in die Höhe stiegen. Eigentlich hätte man die Stufen sehen müssen, denn sie verliefen durch die Decke der Katzenstatue hindurch weiter nach oben. Doch Magie machte es wohl möglich, dass das nicht so war.

»Ein magischer Schacht mit Treppen«, sagte Felicitas. »Der könnte hier mitten durch den Raum gehen, doch man würde ihn weder spüren noch sehen. Sobald wir darin sind, kann uns auch niemand mehr sehen.«

Lukas stoppte. »Punchy, denkst du, es wäre sinnvoll, die Schneekatzen zu warnen? Sie sollten schließlich ebenfalls wissen, was hier vorgeht. Und am besten sollten sie die Katzenlinie sofort wieder abschalten.«

Punchy zögerte.

»Wir passen auf Felicitas auf«, versprach Ella.

Die Elfe verdrehte die Augen. »Ob ihr es glaubt oder nicht, auf mich muss man nicht ständig aufpassen.«

Was ihre Beschützerin nur mit einer hochgezogenen Augenbraue kommentierte. »Ich vertraue euch. Und da ich als Einzige noch eine Katze bin, liegt es natürlich an mir. Ich suche die Schneekatzen auf, berichte ihnen alles und kehre zurück. Versucht inzwischen, den alten Palast zu verlassen.«

Damit sprang Punchy davon und verschwand in den Schatten. Es gab ein kurzes *Wusch*-Geräusch. Ein untrügliches Zeichen dafür, dass sie die Katzenlinie betreten hatte.

»Also schön.« Lukas stieg als Erster die Treppenstufen hinauf.

Am oberen Ende der Treppe war das übergroße Maul einer Katze in die Wand eingemeißelt. Lukas tastete es ab und als er an einem der Zähne zog, öffnete sich die Ausgangstür.

Vorsichtig sah er sich um, während hinter ihm die anderen den Geheimgang verließen. Sie waren direkt im alten Palast herausgekommen. Über ihnen fehlten Teile des

Daches, darüber leuchtete der Nachthimmel, allerdings ohne Sterne. Die Wände waren überall durchbrochen, alles in allem war der alte Palast tatsächlich nur noch eine Ruine.

»Dort vorne, diese große Tür, die führt bestimmt in den alten Thronsaal«, sagte Ella und deutete auf einen Eingang, der zu einem überdachten Raum führte.

Die Flügeltür stand weit offen.

Rani hoppelte bereits in die andere Richtung. Erst mit ein wenig Verzögerung bemerkte er, dass niemand ihm folgte. »Was ist los? Wieso kommt ihr nicht?«

»Seht mal, ich glaube dort mitten im Thronsaal steht die Schöpfungsapparatur«, sagte Lukas und zeigte auf die geöffnete Flügeltür. »Wisst ihr, der Plan der Zauberin wäre vereitelt, wenn wir einfach den Meisterschlüssel stehlen. Dann fällt die Verbindung in sich zusammen und die Zauberin kann keine Magie mehr über die Blinzelbahnverbindungen abziehen.« Er holte tief Luft. »Wir müssten es nur irgendwie schaffen, dass wir dabei nicht versteinert werden, wenn wir den Meisterschlüssel berühren. Aber wenn wir es nicht wenigstens versuchen, haben wir gleich verloren. Es ist unsere einzige Chance.«

»Du willst allen Ernstes in den Thronsaal?« Rani blinzelte. »Ist das wieder dein menschlicher Nicht-Humor?«

»Mein voller Ernst«, sagte Lukas. »Wir würden damit alle Flüsterwälder vor Schaden bewahren.«

Ella knabberte an ihrer Unterlippe. »Einen Versuch ist es auf jeden Fall wert. Auch wenn die Schöpfungsapparatur vermutlich von etlichen Angreiferkatzen bewacht wird.«

Felicitas flatterte aufgeregt mit ihren Flügeln. »Ich sehe kurz nach.«

Schon flitzte sie davon in Richtung Flügeltür.

»Punchys Job ist vermutlich härter als gedacht«, kommentierte Lukas. »Wie passt man auf eine Elfe auf, die einfach so davonfliegt, wenn sie etwas Interessantes sieht?«

»Mit viel Geduld«, schlug Ella vor.

Felicitas winkte sie gestikulierend herbei.

»Wir sollen wohl kommen«, sagte Lukas.

»Oder es ist ein gefährlicher Zitterzauber«, merkte Rani an. »Dann würde das bedeuten, dass wir fliehen müssen.«

Lukas ignorierte den Menok und bewegte sich vorsichtig zur geöffneten Flügeltür. Er hatte sich nicht geirrt. Inmitten des Thronsaals befand sich die Schöpfungsapparatur. Er ließ seinen Blick über das Thronpodest, hoch aufragende Trinkschalen und verfallene Galerie-Balkone schweifen. Steinbrocken lagen überall herum. Im Boden hatten sich über die Zeit verästelnde Risse gebildet. Der Thronsaal lag verlassen da.

»Vielleicht wartet Zottelfell nur darauf, dass wir auftauchen«, sagte Ella leise neben ihm.

Sie betrachteten die Schöpfungsapparatur, die sich nur ein paar Schritte von ihnen entfernt befand. Von den Angreiferkatzen war weit und breit keine Spur zu sehen.

»Sieh mal dort«, sagte Lukas plötzlich und deutete in einen schattigen Bereich, der sich ein wenig erhöht neben der Schöpfungsapparatur befand.

In dem Erker saß eine der Angreiferkatzen. Sie hatte die Augen geschlossen, saß jedoch aufrecht.

»Eine Wache«, sagte Ella. »Felicitas, kannst du mal nachsehen, ob es noch mehr gibt.«

Die Elfe flog langsam in den Raum, glitt in die Höhe und drehte unter der Decke am Rand entlang einen Kreis. Sie kehrte zurück. »Da ist nur diese eine Wache. Aber sie hat einen Rufer bei sich. Diese kleine Steinscheibe an ihrem Gürtel.«

»Wenn wir nur etwas Zeit hätten, um uns die Apparatur noch mal genauer anzusehen. Vielleicht fällt uns dann etwas ein, wie wir den Schlüssel abziehen können, ohne zu versteinern. Aber die Katze sitzt so nah, dass sie das sicher bemerken würde.«

Rani tapste auf seinen Hinterpfoten an Lukas und Ella vorbei in den Raum. »Lasst mich nur machen.«

»Rani«, zischte Lukas leise. »Bist du verrückt! Komm sofort wieder her!«

Doch der Menok griff zufrieden in seinen Fellbeutel, zog die Schleuder hervor und legte eine Schlafpulverkugel ein. »Ich habe noch eine letzte gefunden. Zu Hause muss ich meinen Fellbeutel dringend mal wieder aufräumen.« Er räusperte sich. »Ein weiteres Kapitel meiner heldenhaften Abenteuer.«

»Seiner was?«, fragte Ella.

Lukas sah nur mit großen Augen auf den Menok und von dort zur Katze, die Wache hielt. Wenn Rani einigermaßen zielte, konnte es sogar gelingen. Die Kugeln platzten auf und erschufen eine Wolke um das Ziel herum. Damit schlief jeder Getroffene sofort ein. Der Menok zog bereits an seiner Steinschleuder, kniff dabei ein Auge zu und streckte gedankenverloren die Zunge heraus.

»Wenn er verfehlt …«, begann Ella.

»Man muss ihm lassen, dass er ein guter Schütze geworden ist«, gab Lukas zu bedenken.

Sekunden verstrichen.

Das Gummi schnellte vor und die Schlafpulverkugel flog durch die Luft. Lukas' Blick folgte dem winzigen Geschoss, neben ihm hielt Ella den Atem an. Felicitas schlug die Hände vor das Gesicht, linste aber durch die gespreizten Finger.

Tatsächlich, die Kugel traf die Wächterkatze, als diese gerade gähnte und sich mit einer ihrer Pfoten die Augen rieb. Der Nebel wirkte sofort.

»Ja!« Rani streckte voller Freude die Ärmchen in die Höhe. »Ich habe es geschafft.«

Er wandte sich zu ihnen um.

Dadurch sah er nicht mehr, was weiter geschah. Die Katze kämpfte gegen den Schlaf an und taumelte. Sie verlor den Kampf. Ein letztes Gähnen, dann kippte sie nach vorne.

Direkt auf die Schöpfungsapparatur.

Magie wurde wirksam. Funken tanzten über das Fell und im nächsten Augenblick war die Wächterkatze versteinert. Mit einem lauten *Klong* schlug sie gegen die Apparatur. Eine Kirchturmuhr hätte es an Lautstärke kaum übertreffen können. Der Klang hallte durch den gesamten Palast.

Lukas biss die Zähne zusammen und lauschte auf mögliche Geräusche. Tappende Pfoten vielleicht?

Stattdessen löste sich der Rufer vom Gürtel der Wächterkatze, die Metallscheibe, die nicht mitversteinert worden war. Sie fiel zu Boden, rollte davon und gab dabei einen jaulenden Ton von sich.

»Sie löst automatisch Alarm aus!«, rief Felicitas.

Und jetzt waren eindeutig Fauchgeräusche zu hören.

»Los!«, rief Lukas.

Sie stürmten in den Thronsaal. Da die Geräusche von weit her kamen, war das sowieso die einzige Möglichkeit. Vermutlich hatten die meisten Angreiferkatzen draußen Wache gestanden, weil sie geglaubt hatten, dass Lukas, Ella, Felicitas, Punchy und Rani sich irgendwo im Umkreis des alten Palastes befanden.

Lukas stürzte zur Schöpfungsapparatur.

Doch es war längst zu spät.

Aussichtslos

Lukas konnte natürlich nicht nach dem Schlüssel greifen, sonst wäre er ebenfalls direkt versteinert worden.

»Ich habe eine Idee, Lukas«, sagte Felicitas. »Dauert aber ein paar Minuten.«

»Sie kommen«, brüllte Rani und hoppelte zu ihnen.

Und dieses Mal besaßen sie keinerlei Pantherkatzenkrallen, um sich zu verteidigen. Die Angreiferkatzen strömten herein.

»Was hast du vor, Felicitas?«, fragte Lukas ungeduldig.

»Erinnerst du dich, wie ich die Magie gespürt habe, als du im Palast der Königskatze deine Hand zum Meisterschlüssel geführt hast? Es ist mir nicht sofort klar gewesen, aber es ist ein spezieller Schutzzauber, der darauf liegt und dafür sorgt, dass man bei Berührung versteinert. Ich werde versuchen, ihn zu lösen.«

»Felicitas, du musst dich beeilen«, sagte Lukas mit eindringlicher Stimme.

Die Elfe handelte sofort und ließ Elfenstaub durch die Luft wirbeln. Mit durchschlagendem Erfolg. Leider nicht, was die Gefahr des Schutzzaubers anging. Eine Druckwelle fegte durch den Raum. Eine der Säulen zerbarst, Teile des Daches regneten herab. Der Boden, der sowieso rissig war, brach teilweise ein. Schluchten entstanden, die tief in die Erde führten.

Bis in die Katakomben?

Die Angreiferkatzen mussten sich erst wieder aufrappeln und verteilten sich im Raum. Felicitas schwebte noch immer vor der Schöpfungsapparatur.

»Ich wusste, dass ihr zurückkommt«, erklang Zottelfells Stimme. »Und welch ein Glück, dass wir euch nicht versteinert haben.« Er kam langsam durch die Tür, geradezu gemächlich. »Du hast da etwas in deinem Besitz, Lukas, das wir haben möchten.«

Lukas musste sofort an den Angriff auf dem Dachbodenspeicher denken. Die Katzen hatten das geheime Fach mit den verbotenen Tränken öffnen wollen, waren jedoch von ihm und Ella abgehalten worden.

»Er will den Wandeltrank«, sagte Lukas heiser zu Ella, die neben ihm stand.

»Scharfsinniges Kerlchen.« Zottelfell zog die Hinterbeine ein und stützte sich auf die Vorderpfoten. Obwohl er verwahrlost und zottelig wirkte, strahlte er eine gewisse Macht aus.

Lukas fragte sich, was für ein Flüsterwaldwesen er einmal gewesen war. Und wieso konnte er als einzige Katze noch sprechen, während alle anderen nur auf Katzisch kommunizieren konnten? »Ich gebe dir den Trank nicht.«

»Überleg dir das gut«, kam es zurück. »Wir sind in der Überzahl. An die Schöpfungsapparatur kommt ihr sowieso nicht heran. Aber wenn du mir die Phiole aushändigst, werde ich euch gehen lassen. Keine Versteinerung. Du hast mein Katzenehrenwort.«

»Ja nee, ist klar«, sagte Ella. »Und du wirkst so vertrauenerweckend, da muss man quasi zustimmen.«

»War das Ironie?«, fragte Zottelfell.

Rani runzelte die Stirn. »War es?«

Ella stöhnte auf. »Wir geben dir den Trank nicht. Aber danke für die Information. Dass ihr ihn braucht, heißt doch nur, dass ihr keinen mehr herstellen könnt. Die Zauberin kann also keine weiteren Angreiferkatzen erschaffen, richtig?«

»Wow, du bist ja der totale Überflieger«, kommentierte Zottelfell trocken. »Dass du das erraten hast, ist geradezu brillant.«

»Übertreibt er jetzt nicht etwas?«, fragte Rani und runzelte die Stirn.

»Er meint es nicht ernst«, sagte Lukas leise. »Er verhöhnt uns.«

Felicitas wob einen weiteren Zauber. Der Boden erzitterte, irgendwo fiel etwas um und zerbrach in tausend Scherben.

»Wenn du so weitermachst, Prinzessin, wirst du noch den letzten Rest des Palastes einstürzen lassen.« Zottelfell wirkte vollkommen unbeeindruckt. »Zu eurer Information, unser Clan ist groß genug, um den Plan der Zauberin zu vollenden. Trotzdem kann es nicht schaden, ein paar mehr Pfoten zusammenzutrommeln. Und mal ehrlich, hat es euch nicht gefallen?«

»Du hast uns also tatsächlich auch gesehen.« Lukas fühlte sich mit einem Mal noch unwohler.

»Auch ich habe meine Tricks. Wir konnten spüren, wie ihr aufgeleuchtet habt, euer Geist zu uns kommen wollte. Auf diese Weise haben wir auch bemerkt, wo die Seele dieses Waldes sich verbirgt. Wir hatten euch fast eingeholt und dann konnten wir euch plötzlich nicht mehr wahrnehmen. Da war es recht naheliegend, dass ihr in den Katakomben des alten Palastes abgetaucht seid, die euch von uns abschirmen. Und siehe da, plötzlich konnten wir das leise Echo eines alten Geistes erkennen.« Zottelfell deutete mit der Pfote gen Boden. »Direkt unter uns. Die Schöpfungsapparatur ist nun nah genug dran und kann die Magie aufnehmen. So werden wir in Kürze dank eurer Hilfe die erste Seelenmacht aufgesaugt haben. Gebt mir den Trank freiwillig oder wir nehmen euch gefangen und geben dann einen Tropfen des Trankes in euren Mund. Dann werdet ihr wieder zu braven Katzen, die Befehlen gehorchen.«

»Niemals!«, stieß Lukas zwischen zusammengebissenen Zähnen hervor.

»Ihr langweilt mich.« Zottelfell wandte sich an seine Angreiferkatzen. »Holt den Trank!«

Mit einem Fauchen sprangen die Katzen voran. Durch Felicitas' Druckwelle hatte sich der Raum in einen Hindernisparcours verwandelt. Überall lagen größere Gesteinsbrocken, Teile des Daches und herabgefallene Galleriebalkone herum. Lukas wich einem Tatzenhieb aus, nutzte den Schwung und sprang hinter einen der Steine.

Die Katzen konzentrierten sich auf ihn, weil er die Phiole in seinem Rucksack hatte.

Rani war flink und wich einem Hieb nach dem anderen aus. Dass nur wenige Katzen ihn verfolgten, verhalf ihm zu einem Vorsprung. Er konnte zu Felicitas hoppeln. Beide begannen ein Gespräch, von dem Lukas nicht viel mitbekam.

Eine Katze sprang fauchend gegen ihn. Der Aufprall trieb Lukas die Luft aus den Lungen, er stürzte hintenüber. Mit seinem rechten Arm packte er die Angreiferkatze am Nacken und schleuderte sie davon. Natürlich kam sie unverletzt auf allen vieren auf.

»Lukas!«, rief Ella.

Sie stand frei. Er wich einem weiteren Angriff aus, zog das Etui aus seinem Rucksack und riss die Phiole heraus. Ein kurzes Zielen, dann warf er. Alle Augen richteten sich auf das rotierende Behältnis. Ella fing es im Sprung.

Sofort wandten sich die Angreiferkatzen ihr zu.

Lukas balancierte auf einer der umgestürzten, runden Säulen bis zu einer erhöhten Balustrade, von der nur noch wenig übrig war.

Er konnte sehen, wie Rani gestikulierend auf die Apparatur deutete. Da er einen speziellen Sinn für Magie besaß, sah er wohl etwas, das ihnen allen entging. Felicitas lauschte aufmerksam.

Ella stolperte über eine Katze und fiel der Länge nach

hin. Die Phiole entglitt ihren Fingern, rollte über den Boden.

In Gedanken ging Lukas rasend schnell die verschiedenen Möglichkeiten durch, die ihnen blieben. Solange sie die Phiole besaßen, würden die Angreiferkatzen nicht versuchen, sie zu versteinern. Andererseits bestand so die Gefahr, dass sie den Trank tatsächlich in ihre Pfoten bekamen. Wäre es also sicherer, ihn einfach zu zerstören? Ein Tritt auf die Phiole und die Sache war zu Ende.

Dann würde Zottelfell natürlich jede Zurückhaltung fallen lassen.

»Tritt auf die Phiole!«, rief Lukas.

Sie konnten nicht zulassen, dass die Angreiferkatzen sich vermehrten und andere Flüsterwald-Wesen in ihre Reihen zwangen. Selbst wenn das bedeutete, dass Zottelfell sie alle versteinerte. Ella rappelte sich auf, warf Lukas einen kurzen Blick zu und nickte. Sie hatte verstanden.

In diesem Augenblick vollführte Felicitas einen weiteren Zauber. Farbschlieren tanzten durch die Luft und explodierten zu kleinen Feuerbällen. Aus der Schöpfungsapparatur löste sich Magie, Wirbel bildeten sich.

Die Schutzbindung, die jeden bei Berührung versteinerte, zerstob.

»Ja!« Felicitas reckte ihre Ärmchen in die Luft.

Rani hoppelte zu der Apparatur, griff mit beiden Pfoten und seinem Greifschwanz nach dem Schlüssel und zog ihn heraus. Gemeinsam mit der Elfe flitzte er davon. Die Schöpfungsapparatur glühte einmal kurz auf und stellte dann die Verbindung zu den anderen Flüsterwäldern ein. Vermutlich zog sie noch weiterhin die Magie der Katzenwaldseele ab, doch die anderen Flüsterwälder waren für den Augenblick nicht mehr bedroht.

»Nein!«, rief Zottelfell wütend.

Eine der Angreiferkatzen nutzte den Moment der Ablenkung. Mit einem Satz war sie bei der Phiole mit dem Wandeltrank, die immer noch auf dem Boden lag. Sie nahm sie ins Maul und sauste davon.

»Unentschieden, würde ich meinen.« Zottelfell nahm den Wandeltrank entgegen. Er hatte seine Ruhe sofort wiedergefunden.

»Immerhin haben wir die Verbindung eurer Apparatur abgeschaltet«, rief Lukas.

»Aber ihr seid noch immer umzingelt«, kam es zurück. »Und jetzt hält uns nichts mehr davon ab, euch zu verwandeln. Dann steht uns auch nichts mehr im Weg, den Schlüssel erneut an uns zu bringen.«

Ella hatte sich mittlerweile neben Lukas gestellt, Felicitas und Rani sausten ebenfalls zu ihm. Der Menok reichte

Lukas den Meisterschlüssel, mit dem die Blinzelbahn zu den fernen Wäldern reaktiviert werden konnte.

»Riecht ihr das auch?«, fragte Rani. Seine Nase zuckte.

Giftig-gelber Nebel wallte auf. Die Zauberin erschien.

Ich habe genug!

Der eitrige Nebel verdichtete sich und kurz darauf erklang die vertraute Stimme der bösen Zauberin. »Wie ich sehe, habt ihr meinen Rat nicht beherzigt.«

»Du dachtest wirklich, wir halten uns einfach so heraus, während du die Flüsterwälder zerstörst? Die Magie abziehst, alle versteinerst und am Ende sogar die mächtigen Seelen der Wälder aufsaugst?!«, rief Ella.

»Wir haben den Wandeltrank«, sagte Zottelfell schnell.

»Ihr seid mittlerweile gut informiert.« Der Nebel wallte auf und ab.

»Du kannst doch nicht einfach alle Flüsterwälder zerstören«, rief Lukas. »All die Bewohner und die Waldseelen.«

»Es ist mir egal«, erklärte die Zauberin. »Ich gehe meinen Weg und habe Gründe dafür. Der Seelenbund hat lange genug über Schicksale entschieden und die Flüsterwald-Bewohner haben ihre Freiheit genossen. Jetzt bin ich an der Reihe. Gebt den Schlüssel wieder heraus!«

Lukas reichte ihn an Ella weiter und verschränkte die Arme. »Auf keinen Fall.«

Zottelfell lief gemächlich auf den wallenden Nebel zu, tauchte darin ein und kam ohne die Phiole wieder zurück. Damit besaß die Zauberin endgültig den Wandeltrank.

»Gehen wir doch einfach kein Risiko ein«, sagte Ella.

Sie legte den Meisterschlüssel auf den Boden. »Felicitas, zerstöre ihn!«

Die Elfe ließ augenblicklich Elfenstaub regnen. Hitze stieg auf, flimmerte. Jeder normale Schlüssel wäre zerschmolzen. Nicht so der Meisterschlüssel.

»Du dummes Kind! Denkst du wirklich, du kannst ein solch starkes, magisches Artefakt einfach vernichten?« Die Zauberin lachte, hallend und böse. »Jetzt gib ihn mir!«

Ella griff nach dem Schlüssel, betrachtete ihn von allen Seiten. »Ich kann die Magie spüren. Sie ist identisch mit der, die ich bereits in mir habe.« Ihre Finger glitten über das Metall.

Felicitas schwebte zwischen Lukas und Ella in der Luft.

»Ohne die Magie darin ist es nur ein Schlüssel. Aber mit ihr ist er unzerstörbar.«

Lukas beugte sich ganz nah zu Ella hinüber. »Kannst du die Magie herausziehen? Dann könnte Felicitas ihn zerstören.«

Sie würden endgültig die Verbindung zwischen dem Katzenwald und allen anderen Flüsterwäldern abschalten. So war auf jeden Fall die Gefahr gebannt, dass die Zauberin weiterhin Magie aus den anderen Wäldern stahl.

Diese hatte ihren Nebel mittlerweile ausgeweitet. Er umfing jetzt die Schöpfungsapparatur und nahm sie auf. Lukas konnte nur hoffen, dass die Wirkung, Magie abzuziehen, ohne den Meisterschlüssel tatsächlich nur auf die unmittelbare Umgebung begrenzt war.

»Ich versuche es!«, sagte Ella.

»Kommen wir hier also zum Ende«, wisperte die Zauberin.

»Willst du uns nicht wenigstens verraten, warum du das alles tust?«, fragte Lukas.

Er musste Ella und Felicitas Zeit verschaffen. Damit Zottelfell und die Zauberin hauptsächlich auf ihn achteten, wich er langsam zur Seite. »Und wieso braucht ihr unbedingt unseren Wandeltrank? Ihr hattet doch schon selber welchen zur Verfügung, sonst hättest du keine Armee.«

»Unser Vorrat war begrenzt«, gab Zottelfell freimütig zu. »Deshalb benötigten wir Nachschub. Und …«

»Schweig!«, rief die Zauberin. »Ihr wisst schon viel zu viel. Einmal habe ich euch gewarnt, doch ihr wolltet nicht hören. Jetzt müsst ihr den Preis dafür zahlen. Ich kenne keine Gnade. Ob ihr als Stein endet oder als Katzen, interessiert mich nicht mehr. Während ich fort war, habe ich den Zugang zum Seelenbund gefunden. Jetzt stehen mir nicht nur die Flüsterwälder offen, ich kann auch die Seelenmagie der Waldseelen aufsaugen.«

Ein entsetztes Keuchen drang aus dem Nebel, als die Zauberin offensichtlich auf Ella aufmerksam wurde. Alle Blicke richteten sich auf das Mädchen.

Ella trug den Meisterschlüssel in ihren Händen, hatte die Augen geschlossen und ihre Haare wirbelten durch die Luft. Ein goldenes Licht drang aus dem Meisterschlüssel hervor. Es floss in Ella hinein. »Jetzt, Felicitas!«

Die Elfe warf erneut den Staub. Hitze flammte auf. Ella ließ den Meisterschlüssel los, und noch bevor er den Boden berührte, schmolz das Metall.

»Nein!«, rief die Zauberin.

Lukas grinste zufrieden. »Tja, sieht so aus, als wäre es das gewesen. Ohne Schlüssel kannst du keine Magie mehr über die Blinzelbahnverbindungen abziehen.«

Ein wütender Schrei erklang. »Ihr habt mich vielleicht ausgebremst, aber nicht aufgehalten. Aus der Ferne mag ich nun nichts mehr stehlen können, doch die Schöpfungsapparatur lässt sich transportieren. Auch wenn ich jetzt jeden Flüsterwald einzeln aufsuchen und meine Katzenarmee gegen jede Seelenbastion entsenden muss, ich hole mir, was nötig ist. Die erste Seele wird bald fallen.«

Innerlich fluchte Lukas. Die Zauberin besaß eine Möglichkeit, zwischen den Flüsterwäldern zu wechseln, das hatte sie mehr als einmal bewiesen. Und wie es schien, benötigte sie dafür auch nicht die Verbindungen über die Blinzelbahn.

»Vernichtet sie!«, befahl die Zauberin.

Zottelfell neigte leicht sein Haupt. »Wir hatten schon damit begonnen. Und wie man so schön bei euch Menschen sagt: Aller guten Dinge sind drei.«

Er fauchte.

Die Katzen sprangen über Steine, griffen erneut an. Dieses Mal weitaus flinker, brutaler, endgültiger. Bereits ein erster Hieb traf Lukas, riss seinen Hoodie auf und hinterließ schon wieder blutende Kratzer. Ella ging unter dem Ansturm von drei Angreifern zu Boden, sie schrie ebenfalls schmerzerfüllt auf.

Felicitas wurde durch ihre eingewobene Schutzrüstung

vor Schaden bewahrt und Rani flitzte einfach so schnell im Zickzack hin und her, dass er den Angreifern auswich.

Doch es war nur eine Frage der Zeit, bis sie das Glück verlassen würde. Es waren zu viele Feinde. Und obendrein gab es da noch die Zauberin. Aktuell hielt sie sich selbst aus dem Kampf heraus, aber Lukas hatte keine Zweifel, dass sich das ändern würde, wenn es nötig wurde. Sollte ihre Armee aus Angreiferkatzen verlieren, würde sie aktiv werden.

Lukas trat eine Angreiferkatze beiseite, die sich soeben seinem Bein hatte widmen wollen. Er hielt sich die Wunde und biss die Zähne zusammen. Es brannte heftig. Um sie herum gab es nur wimmelnde Körper, Fauchen und Fell.

Dieses Mal hatten sie alle Karten ausgespielt. Er hatte keine Idee mehr.

Über ihm erklang ein Fauchen.

»Punchy?«, fragte er verblüfft.

Pedora Ulinde Naftet von Chibalka sprang über Steine und Galleriebruchstellen, bis sie unten angekommen war. Und nicht allein. Immer mehr weiße Tupfen zeichneten sich vor dem Mondlicht ab.

»Die Schneekatzen«, hauchte Lukas.

Sie kamen zahlreich und waren bereit, ihren Flüsterwald zu verteidigen.

»Euch hatte ich fast vergessen«, wisperte die Zauberin. »Zottelfell, wir ziehen uns zurück.«

Er neigte sein Haupt. Die Angreiferkatzen schossen auf den Eiternebel zu und verschwanden darin. Ganz zuletzt sprang auch Zottelfell darauf zu. Er warf Lukas noch einen brennenden Blick zu, in dem zwischen Hass und Wut eiskalte Berechnung zu erkennen war. »Wir sehen uns wieder, Menschenjunge.«

Der Nebel wallte auf, dann zerstob er in einzelnen, stinkenden Wölkchen. So ungefähr stellte Lukas sich den Gestank vor, der zu dem verdreckten Becken einer Kläranlage gehörte.

Doch auch der Gestank verging und zurück blieben nur der zerstörte Palast und die neuen vierbeinigen Freunde von Lukas, Ella, Felicitas, Punchy und Rani.

Lukas atmete auf.

»Das war knapp.«

Abschied

Gemeinsam mit den Schneekatzen verließen die Freunde die Ruinen des ersten Palastes und begaben sich zur Blinzelbahn, die zu den fernen Wäldern führte.

Siwemalo blickte noch einmal zurück. »Die große Katzenseele ist zum Glück sicher, auch wenn es überaus knapp war. Wir bewachen nun unsere versteinerten Freunde.«

»Danke, für eure Hilfe«, sagte Lukas. »Bestimmt werden wir eine Lösung finden, um den versteinerten Katzen zu helfen.«

»Dazu wird die Schöpfungsapparatur notwendig sein«, gab die Schneekatze zurück. »Die Magie muss zurückfließen, von wo sie genommen wurde.«

Ella blickte grimmig zum Palast. »Wir finden die Zauberin. Heute haben wir ihr eine Niederlage beigebracht. Beim nächsten Mal schnappen wir uns die Schöpfungsapparatur.«

Die Blinzelbahnverbindung hier im Katzenwald ähnelte zwar nach wie vor einer Katzenlinie in einem Baum. Da sie aber auf halber Strecke zur Blinzelbahn wurde, konnten sie sie benutzen.

Nacheinander verabschiedeten sie sich von Siwemalo. Wieder schickte Ella ihren Geist aus, um mit der Magie des Meisterschlüssels die Verbindung zu den fernen Wäldern zu öffnen. Lukas konzentrierte sich ebenfalls und hob das Siegel auf. Und schon waren sie auf dem Weg zurück.

Kurz darauf standen sie auf dem Blinzelpodest in ihrem eigenen Flüsterwald. Vor ihnen lag der Blinzelknoten für die Verbindungen zu den fernen Wäldern.

»Fühlt sich gut an, wieder zu Hause zu sein.« Lukas grinste. »Ella, was ist los?«

Mit gerunzelter Stirn starrte sie vor sich hin, den Blick gedankenverloren ins Leere gerichtet. »Ich weiß nicht, irgendwas war seltsam.«

»Wie meinst du das?«, fragte Felicitas.

»Das kann ich nicht genau sagen.« Ella grübelte. »Mein Unterbewusstsein will mir schon die ganze Zeit etwas sagen. Bezüglich der Zauberin. Ich kann nur leider nicht den Finger drauflegen.«

»Gehen wir doch erst einmal zum Herz des Waldes«, schlug Lukas vor. »Dort sehen wir weiter.«

Sie blinzelten sich über das andere Podest in die Herzburg. Mittlerweile waren ihnen die Gänge so vertraut, dass es sich ebenfalls wie ein Nachhausekommen anfühlte. Innerlich war Lukas stolz. Sie hatten nicht nur viele neue Informationen erhalten, auch der Meisterschlüssel war zerstört.

Das Herz hing leuchtend in der Luft des Thronsaals und lauschte ihrem Bericht, während vor allem Lukas und Ella abwechselnd erzählten.

»Ihr habt beeindruckende Arbeit geleistet«, lobte es sie schließlich. »Und das unter großer Gefahr. Ich danke euch dafür. Doch ich fürchte, die Zauberin wird nicht aufgeben. Sie besitzt die Schöpfungsapparatur und wird sie weiterhin einsetzen – lediglich ohne die Verbindung zu den fernen Wäldern. Da die Blinzelbahn nach wie vor versiegelt ist, kann ich selbst auch keinen Kontakt über das Seelenband zu den anderen Waldseelen herstellen. Und die Worte unserer Gegnerin deuten außerdem darauf hin, dass sie Zugang zu einer der Seelen besitzt. Ihre Macht steigt damit von Minute zu Minute.«

»Es gibt nur einen Weg, sie aufzuhalten«, sagte Lukas und ballte entschlossen die Hände, um seine Worte zu unterstreichen. »Wir müssen die Schöpfungsapparatur in unseren Besitz bringen. Nur so lässt sich die Versteinerung umkehren und der Magieraub aufhalten.«

»Doch das wird jetzt noch schwieriger«, hallte die Stimme des Herzens. »Mit dem Wandeltrank wird die Zauberin sich zusätzliche Angreiferkatzen schaffen. Ich werde die Elfenkönigin Felinde von Siebenstern kontaktieren. Falls in unserem Flüsterwald Wesen verschwunden sind, werden wir es herausfinden. So etwas geschieht nicht unbemerkt. Sollte die Zauberin allerdings Wesen aus anderen Wäldern in Katzen verwandelt haben, können wir nichts tun.«

»Das ist so schrecklich«, sagte Ella gedankenverloren. »Man vergisst einfach, wer man war. Oder eigentlich weiß man es noch, aber es spielt keine Rolle mehr. Es sind nur Informationen, keine Gefühle mehr.«

»Es tut mir sehr leid, dass ihr das erleben musstet.« Die Stimme des Herzens klang milde.

Lukas war sich nur allzu bewusst, dass in dem Etui in seinem Rucksack noch weitere verbotene Tränke steckten. Falls sie jedoch alle ähnlichen Nebenwirkungen hatten, wollte er die Erfahrung lieber nicht machen, sie zu trinken. Es gab wohl nur einen, der darauf eine Antwort geben konnte.

»Wir müssen meinen Großvater nach dem Wandeltrank befragen«, sagte Ella. »Vielleicht weiß er etwas darüber, wie die fremde Zauberin darangekommen ist. Kommst du mit?«

Das Herz des Waldes waberte in einem dunkleren Farbton. »Besser nicht. Bei der Frage nach den Tränken ist Professor von Thun mir immer ausgewichen. Falls er Antworten geben mag, dann nur euch. Ich vertraue darauf, dass er mir keine wichtigen Informationen verheimlichen würde.«

»Das würde er niemals tun«, war Ella überzeugt. »Dann versuchen wir unser Glück. Vielleicht gibt es irgendein Detail, das uns weiterhilft. Wir gehen zu ihm.«

»Es wird dauern, bis ich neue Informationen zusammengetragen habe«, sagte das Herz. »Felinde wird sich um unseren Flüsterwald kümmern und ich lausche hinaus in die Echos zwischen den Wäldern. Vielleicht finde ich heraus, über welche Seele die Zauberin Zugriff nimmt. Dann könntet ihr in diesen Flüsterwald reisen und der Seele helfen, auch wenn es sicher nicht ungefährlich ist.«

»Klingt nach einem Plan.« Lukas nickte zufrieden.

Am liebsten wäre er direkt losgezogen. Doch zum einen

wussten sie ja nicht, wohin. Zum anderen spürte er die Müdigkeit in seinen Knochen. Felicitas ließ Elfenstaub auf seine Wunde regnen, die sofort heilte.

Was seinen Hoodie anging, würde der frisch gekaufte Nachschub vermutlich demnächst wieder ausgehen. Vielleicht konnte der Professor Lukas auch eine Art Einsatzrüstung anfertigen? Oder irgendwie seine Kleidung schützen? Das musste er ihm unbedingt vorschlagen.

Sie verabschiedeten sich vom Herz des Waldes und verließen den Thronsaal. Gemeinsam gingen sie den Gang entlang. Während für Felicitas, Rani und Punchy eine Flüsterwald-Nacht einem normalen Tag entsprach, wurden Ella und er natürlich müde. Lukas wollte nur noch in seinen Schlafsack, der auf der Luftmatratze im Klassenzimmer lag. Heute war der Weg ins Bett sogar noch etwas länger als gewöhnlich.

»Geht mir genauso«, sagte Ella und stupste Lukas gähnend an. Sie war echt gut im Interpretieren von Gemütszuständen.

Vor ihnen tauchte der Türdurchgang auf, der in die Werkstatt des Professors führte. Lukas war sehr gespannt, was dieser ihnen über die speziellen Tränke verraten konnte.

Ella war nach wie vor in Gedanken versunken. Wenn er nicht so müde gewesen wäre, hätte Lukas mit ihr darüber gesprochen. Doch so wollte er nur noch die Antwort des Professors hören.

Mit einem Schaben öffnete sich der Durchgang.

Sie betraten die Werkstatt.

Die speziellen Tränke

Wie immer zog der Professor Ella erst einmal in eine feste Umarmung, die seine Enkelin innig erwiderte.

Die Werkstatt sah bei jedem Besuch wohnlicher aus und die halb geleerten Teetassen deuteten darauf hin, dass Professor von Thun auf keine Annehmlichkeiten verzichten musste.

Sie setzten sich alle zusammen um den Tisch in der Ecke herum und abwechselnd berichteten Lukas, Ella, Rani und Felicitas, was geschehen war. Punchy leckte sich die Tatzen und lauschte, sagte aber nichts.

»Was hat es mit den verbotenen Tränken in dem geheimen Regalfach auf sich?«, fragte Ella schließlich und blickte ihren Großvater erwartungsvoll an.

Stille breitete sich aus wie ein Tuch, das sich langsam über den Raum herabsenkte.

»Das ist kompliziert«, sagte der Professor.

»Inwiefern?«, fragte Rani geradeheraus.

Von Thun rang mit sich. »Ihr müsst wissen, dass ich nicht der Einzige bin, der als junger Wissenschaftler Spuren vom Flüsterwald oder genauer gesagt *den* Flüsterwäldern entdeckt hat. Wir haben bei Ausgrabungsstellen immer wieder mal Spuren von Rezepten gefunden, die auf die Herstellung magischer Tränke verwiesen. Bereits vor dem Flüsterpulver. Ich habe euch ja erzählt, dass ich auch das Flüsterpulver damals auf diese Weise entwickeln konnte.« Er seufzte. »Wir experimentierten damit.«

»Wir?«, fragte Lukas.

»Sagen wir es so: Wenn du an Magie und den Flüsterwald glaubst, nehmen dich die meisten Menschen nicht ernst. Mit denen, die es taten, bildete ich einen Club. Wir experimentierten. Dabei entstanden diese Tränke. Als ich einen davon nahm, wäre ich beinah für immer ein Falke geblieben. Sie sind gefährlich.«

»Das haben wir bemerkt«, sagte Lukas. »Aber wer waren die anderen?«

Der Professor schüttelte den Kopf. »Vergesst es! Ich habe mit den anderen heute keinen Kontakt mehr. Damals waren wir noch Studenten. Ich bin aus dem Club ausgetreten und habe die Tränke mitgenommen, sie versteckt. Damit sie niemals jemand benutzt.«

»Aber …«, begann Ella.

»Und somit ist das Thema erledigt.« Die Stimme des Professors machte deutlich, dass er darüber nicht diskutieren würde. »Diese Sache hat nichts mit der aktuellen Situation zu tun. Die anderen, die damals zum Club gehörten, hatten keine Wandeltränke, es kann also keiner von ihnen sein, der der Zauberin hilft. Auf Basis des Tranks werde ich jedoch ein Rezept für eine Rückverwandlung entwickeln. Ich werde Hilfe benötigen, aber das kriegen wir hin.«

Lukas schluckte seine weiteren Fragen hinunter. Er vertraute dem Professor. Wenn dieser sagte, dass die übrigen Mitglieder des Studentenclubs keine Wandeltränke besaßen, war es auch so. Außerdem war Lukas so müde, dass er gar nicht mehr sprechen wollte.

Sie berichteten von Thun noch genau, was mit den Gadgets geschehen war, die er für sie angefertigt hatte. Er schrieb mit und versprach, diese zukünftig robuster zu gestalten.

Schließlich verabschiedeten sie sich und blinzelten sich vom Podest der Herzburg zurück ins Baumhaus. Normalerweise besprachen sie hier am Ende ihres Abenteuers immer noch ihre nächsten Schritte, doch heute wollten sie alle nur nach Hause. Rani verabschiedete sich und sprach davon, dass er eine Aufgabe für Pera zu erfüllen hatte. Irgendetwas, dass mit »Massage« zu tun hatte. Lukas beneidete das Menok-Mädchen gerade sehr.

»Außerdem«, ergänzte Rani, »werde ich Winimuff Sauseblitz schreiben. Bestimmt schafft es eine meiner Heldentaten bald in die Flüsterzeitung.«

»Äh, Rani«, sagte Lukas.

»Ja?«

»Dir ist aber bewusst, dass Menschen im Flüsterwald noch immer verboten sind? Wenn du ihm so etwas schickst, könnte das ein Problem werden.«

»Aber nein.« Der Menok winkte mit seinem Greifschwanz ab. »Keine Sorge. Keiner glaubt an Menschen im Flüsterwald. Außer den Warks natürlich, aber die vermuten ja hinter jeder Blume einen Menschen.« Wieder kratzte sich der Menok am Rücken.

»Willst du nicht endlich etwas gegen diesen Pickel tun?«, fragte Lukas.

Rani wurde tatsächlich durch sein Fell hindurch rot. »Da ist kein Pickel!« Damit hoppelte er aus dem Baumhaus und turnte über die Äste davon.

»Oh, oh«, sagte Felicitas. »Das wird schlimm.«

»Was denn?«, fragte Ella.

»Ja wisst ihr, im Verlauf ihres Wachstums kommen Menoks manchmal in emotionale Schubphasen«, erklärte Felicitas. »Das geht immer nur wenige Tage, ist aber heftig.«

»Soll das heißen, Rani wird dann noch patziger?«, fragte Lukas.

Er konnte sich kaum vorstellen, dass das möglich war.

»Eher das Gegenteil«, sagte Felicitas. »Er wird ein paar Tage lang total verkuschelt sein, dann wieder ängstlich, dann kichert er ständig und macht Schabernack. Es dürfte jetzt losgehen. Keine Ahnung, welche Gemütslage als Erstes zuschlägt. «

Dem Menok standen also Pubertätswochen bevor. Das konnte ja heiter werden.

»Ich verschwinde auch«, sagte Felicitas. »Heute in der späten Nacht findet noch ein Wettzaubern im Internat statt. Mirabella von Sommerlicht nimmt ebenfalls teil.«

Das Funkeln in Felicitas' Augen machte deutlich, dass sie ihrer Rivalin dieses Mal ihre Grenzen aufzeigen wollte. Und immerhin hatte sie noch eine Revanche gut.

Mit ein wenig Elfenstaub verwandelte sie die Ohren von Lukas und Ella wieder zurück in Menschenohren. »Wir sehen uns bald.« Und – *wusch!* – flog sie davon.

Punchy maunzte genervt auf. »Sie vergisst immer, dass

ich keine Flügel habe.« Mit einem Satz war sie auf dem nächsten Ast und sprintete durch die Nacht.

Ella warf Lukas ein zufriedenes Grinsen zu. »Wir haben es geschafft, den Magiediebstahl aufzuhalten. Wenn das mal nicht gute Wächter-des-Flüsterwaldes-Arbeit ist.«

Lukas war ebenfalls stolz auf das Ergebnis. »Gut zu wissen, dass die Bäume wieder beschleunigt wachsen.«

Sie aktivierten die Portalstanduhr und kehrten zurück auf den Dachbodenspeicher, wo sie wieder ihre Kleidung wechselten. Ab hier wurde es brenzlig. Vorsichtig stiegen sie die Treppe hinunter und öffneten die geheime Tür zu Lukas' Zimmer. Tante Stefanie schlief tief und fest.

Schnell bestäubten sie sich mit einer besonders großen Menge Flugpulver und kletterten aus dem Fenster. Mit dem Wind flogen sie höher. Die kalte Luft vertrieb die Müdigkeit. Lukas genoss die kurze Strecke bis zum Schulgebäude. Minuten später landeten sie in einer versteckten Ecke des Pausenhofs. Mit dem Schlüssel öffneten sie die Eingangstür und betraten wieder das Schulhaus. Die Gänge lagen dunkel vor ihnen, was ein gutes Zeichen war. Der krisselige rote Filz des Bodens schluckte das Geräusch ihrer Schritte.

»Was ist los?«, fragte Lukas.

»Hm?« Ella schien aus einem Traum zu erwachen.

»Du schaust wieder so komisch.«

»Ach, keine Ahnung. Kennst du das, wenn du einen Krimi liest und am Ende die überraschende Auflösung kommt? Die Puzzleteile waren die ganze Zeit über da, aber du hast sie nicht zusammenfügen können.«

»Klar«, bestätigte er. »Ist auch bei meinen Fantasy-Romanen so. Da gibt es ständig Überraschungen.«

»Und genau dieses Gefühl habe ich gerade«, sagte Ella. »Als würden wir etwas sehr Wichtiges übersehen.«

»Du machst dir zu viele Gedanken.« Lukas drückte ihr aufmunternd den Arm. »Wir haben den Meisterschlüssel vernichtet und die Zauberin zur Flucht gezwungen. Der Magiediebstahl ist fürs Erste gestoppt. Und sobald das Herz des Waldes herausgefunden hat, welche Seele gerade angegriffen wird, reisen wir in den entsprechenden Flüsterwald und helfen. Mit einem Rückwandeltrank deines Großvaters werden wir die Angreiferkatzen zudem bald wieder in ihre normale Gestalt verwandeln können.«

»Ich hoffe, du hast recht«, sagte Ella.

»Das ist nur die Müdigkeit.« Lukas winkte ab. »Morgen kannst du wieder klarer denken und erkennst sicher, was dich beschäftigt.«

Ella nickte zögerlich. »Vermutlich hast du recht.«

»Heute ist einfach mal alles gut gelaufen.« Lukas grinste breit.

Jemand räusperte sich vernehmlich in der Ferne.

Lukas packte Ella und riss sie hinter eine der Säulen, die in wenigen Metern Abstand im Gang aufragten.

»Wo ist der nur?«, murmelte Herr Rechbit und gab einen gewaltigen Nieser von sich. »Das lässt mich Abeni nie vergessen. Und ich will gar nicht wissen, wie viel mich die Nachschlüssel kosten.«

Der Lehrer hatte offenbar noch nicht bemerkt, dass Ella und Lukas verschwunden waren. Dafür aber, dass sein Schlüssel fort war. Bevor er auf den Gedanken kam, die Schlafsäcke durchzuzählen, sprintete Lukas aus seinem Versteck und legte den Schlüssel gut sichtbar im Gang ab. Dann huschte er zurück ins Versteck.

Ella und er blieben mucksmäuschenstill in der Dunkelheit stehen. Ein tanzendes Licht kam näher. Herr Rechbit nutzte eine Stabtaschenlampe.

»Ah.« Laut atmete er auf. Kurz darauf klirrte es, als der Schlüssel seinen Weg zurück zum Besitzer fand. Langsam ging Herr Rechbit zurück Richtung Klassenzimmer.

»Du verschwindest in deinen Schlafsack«, flüsterte Lukas Ella zu. »Ich tue so, als wäre ich gerade auf Toilette gewesen.«

Ella nickte mit einem Grinsen und huschte zu ihrer Klasse. Lukas wartete eine Minute, dann schlurfte er zurück in den Raum. Die Müdigkeit musste er nicht einmal spielen.

»Lukas?«, erklang die Stimme des Lehrers.

»Herr Rechbit? Das tut mir leid, habe ich Sie geweckt? Ich musste mal.«

»Nein, nein, alles gut. Leg dich ruhig wieder hin.«

Mit einem stillen Lächeln kuschelte sich Lukas in den Schlafsack. Beim nächsten Mal würden sie eindeutig ein Anti-Allergikum in das Schlafpulver mischen müssen. Die zugeschwollene Nase und das ständige Niesen und Husten hatten wohl dafür gesorgt, dass die Wirkung bei Herrn Rechbit nicht allzu lange angehalten hatte.

Am Ende hatten sie jedoch Glück gehabt. Nicht auszudenken, was geschehen wäre, wenn Konrektorin Abeni aufgewacht wäre. Doch die schlummerte friedlich und lautlos vor sich hin.

Lukas gähnte noch einmal.

Dann trieb er langsam in seine Träume davon.

Finde deine innere Mitte

»Weißt du eigentlich, wie unangenehm das für mich ist?!«, sagte Lukas. Von seiner guten Laune war nichts mehr übrig. »Das war eine rhetorische Frage. Es ist einfach nur oberpeinlich!«

Seine Mutter verdrehte die Augen. »Ich tue jetzt mal so, als wüsstest du, was das Wort ›rhetorisch‹ bedeutet. Aber nichtsdestotrotz wirst du es überleben.«

Der Abschied in der Schule war wunderbar verlaufen. Sie hatten zunächst noch gefrühstückt, indem sie auf Decken eine Art Picknick in der Aula veranstaltet hatten. Auch wenn Lukas es genossen hatte, war er noch immer müde und freute sich auf sein Bett. Zum Abschied hatte Konrektorin Abeni erneut zum Ausdruck gebracht, was für eine wunderbare Idee Lukas und Ella mit der Lesenacht gehabt hatten. Und da jetzt auch bald Lukas' Mutter an der Schule tätig wurde, wäre Lukas nun Teil einer richtig kleinen Pädagogenfamilie.

Lukas' Kinn war gen Erdmittelpunkt gesackt.

Auf Nachfrage hatte die Konrektorin ihm dann das gesamte schreckliche Drama offenbart. Und mit entsprechend schlechter Laune war er zu Hause eingetroffen.

»Das kannst du nicht tun«, sagte Lukas zu seiner Mutter. »Außerdem sind wir an der Schule alle total entspannt. Wir brauchen keine Meditations-AG.«

Ella hatte ja davon erzählt. Wieso war ihm nicht gleich der Gedanke gekommen, dass seine Mutter hier ihre Finger im Spiel hatte? Vermutlich auch sein Pa. Er schickte ihm einen anklagenden »Verräter!«-Blick.

Lisa saß auf der Couch, drückte ihren Stoffhasen an sich und lauschte.

Die Treppenstufen knarzten. Wie ein Wirbelwind schneite Tante Stefanie in den Raum. »Guten Morgen zusammen. Du hast ein schönes Zimmer, Lukas, aber ihr müsst mal wegen dem Fenster schauen …«

»… des Fensters«, warf Lukas' Mutter reflexartig eine Grammatikkorrektur ein.

»Ach jetzt spiel doch nicht wieder die Pädagogin.« Tante

Stefanie wedelte mit der Hand. »Ich habe schon lange nicht mehr so gut geschlafen. Aber einen seltsamen Traum hatte ich. Lukas und ein Mädchen sind im Zimmer herumgeflogen.« Sie bekam einen sinnierenden Blick. »Und dann wurdet ihr zwei rosa, seid geschrumpft und habt wie eine Kuh gemuht.«

»Hast du wieder irgendwelche Pilze genommen?«, patzte Lukas' Mutter sie an.

»Die Zeiten sind leider vorbei«, gab Tante Stefanie mit einem Grinsen zurück. »Wieso spüre ich hier so eine negative Stimmung. Wie war es, in der Schule zu übernachten, Lukas?«

»Es war toll. Ich hätte dort bleiben sollen.« Er berichtete, was seine Mutter plante.

»Also wirklich!« Tante Stefanie schickte ihr einen vorwurfsvollen Blick. »Das kannst du doch …«

Der wutfunkelnde Blick seiner Mutter wirkte wie zwei Laserstrahlen, die gnadenlos abgefeuert wurden.

»… äh … musst du unbedingt machen«, bog Tante Stefanie schnell ab. »Deine Mutter ist eine Koryphäe auf ihrem Gebiet, Lukas. Da hat sie doch die Verpflichtung, ihr Wissen weiterzugeben.«

Lukas stöhnte innerlich auf.

Wieso musste er sich als Beschützer des Waldes ständig

mit der Unbill des Lebens herumschlagen. Er wusste nicht, was »Unbill« hieß, aber sein Pa hatte den Satz schon öfter verwendet, wenn die Dinge gehörig schiefliefen.

»Du machst es nicht besser«, wandte sein Vater sich an seine Tante. »Lukas wird es akzeptieren und am Ende davon profitieren. Schließlich nimmt er an der Meditation teil.«

»Bitte was?«

»Das sähe sonst nicht so gut aus«, ergänzte sein Vater. »Du willst doch deine Mutter unterstützen?«

»Okay, *das* war eine rhetorische Frage.« Lukas verschränkte die Arme.

»Ich bin stolz auf dich.« Seine Mutter wuschelte ihm durch das Haar.

Er stand kurz vor der Explosion.

»Da es heute regnet und wir deshalb nichts vorhaben«, sagte seine Mutter, »lasst uns doch gemeinsam ein Brettspiel spielen.«

Oh, sie war gut.

Lukas liebte Brettspiele und schluckte seine Wut hinunter. Wenn es mit der Meditations-AG nicht klappte – und er ging davon aus, dass nicht mehr als zwei Personen teilnahmen (Ella und gezwungenermaßen er selbst) –, hatte er bestimmt ruckzuck wieder seine Ruhe.

Er klammerte sich an jede Hoffnung, die er kriegen konnte.

»Ich lege mich hin«, sagte er murrend. »Müde.«

So schnell es ging, wandte er sich um und sauste die Treppe hinauf. Dort angekommen legte er sich auf das Bett und schlief sofort wieder ein. Erst einige Stunden später, als der Regen gegen die Scheibe prasselte, wurde er wach.

Auf dem Nachttisch lag die Schlafbrille von Tante Stefanie. Über sich sah er die Zimmerdecke und musste daran denken, dass er und Ella gestern Nacht tatsächlich dort herumgeflogen waren. Allerdings waren sie dann nicht pink geworden und hatten wie Kühe gemuht. Das hatte seine Tante geträumt.

Er gähnte, ging nach unten in die Küche und entdeckte dort einen gefüllten Teller. Sie hatten ihm vom Frühstück Brötchen übrig gelassen. Sein Vater saß auf der Couch.

»Da bist du ja«, sagte seine Mutter. »Ausgeschlafen?«

»So ziemlich.«

»Deine Tante wollte sich heute ja eigentlich Winterstein ansehen, aber der Regen hat uns einen Strich durch die Rechnung gemacht. Wir haben deshalb schon mal alles vorbereitet.« Sie deutete hinüber zum Couchtisch.

Erst jetzt sah Lukas das Brettspiel, das dort aufgebaut worden war. Er erkannte die Straßen und Symbolkarten sofort. Es war eines seiner Lieblingsspiele und hatte damit zu tun, Siedlungen zu errichten.

Er schmierte sich schnell ein Brötchen, füllte sich ein Glas mit Wasser und schon ging es zur Couch.

»Wir wollten gerade anfangen, du hast Glück«, sagte seine Tante.

»Du hättest vielleicht nicht ausgerechnet im Winter hierherkommen sollen«, bemerkte seine Mutter an Tante Stefanie gewandt. »Hier regnet es oft und vermutlich kommt bald Schnee dazu.«

»Echter Schnee?« Die Augen seiner Tante leuchteten. »Bei uns fällt kaum noch welcher.«

»Dann kannst du dich auf was gefasst machen.« Die Lippen von Lukas' Mutter zuckten.

Die nächsten Tage würden auf jeden Fall auch ohne Flüsterwald-Abenteuer spannend bleiben, da war Lukas sich sicher.

Die Stunden verstrichen und der Abend brach herein. Sie spielten, lachten und vertilgten eindeutig zu viele Süßigkeiten. In diesem Augenblick begriff Lukas mit absoluter Klarheit, wie bedeutsam sein Leben auch außerhalb des Flüsterwaldes war. Und immerhin war es nicht umsonst seine Mutter gewesen, die bis zuletzt in seiner Erinnerung haften geblieben war.

Er lächelte in ihre Richtung.

Natürlich nur, bis sie aufblickte. Dann sah er schnell weg. Es musste ja nicht peinlich werden.

An diesem Abend ging er erst spät zurück ins Zimmer. Um Platz für Tante Stefanie zu machen, sammelte er seine wichtigsten Dinge ein. Darunter auch sein Smartphone.

Auf dem Display waren drei verpasste Anrufe von Ella zu sehen. Sie hatte versucht, ihn zu erreichen. Er öffnete die Chat-App und tippte schnell ein:

War den ganzen Tag mit meinen Eltern am Brettspielen.
Alles klar bei dir?

Dann packte er seine Sachen und zog wieder auf die Couch ins Wohnzimmer. Zwei Stunden später war es an der Zeit, zu schlafen. Er warf einen letzten Blick auf das Display seines Smartphones.

Ella hatte sich nicht gemeldet.

Natürlich war es jetzt zu spät, sie anzurufen. Morgen würde er das sofort nachholen.

Er löschte das Licht.

Epilog

Einige Stunden zuvor

Der Samstag dümpelte dahin, und nachdem Ella kurz geschlafen hatte, richteten sich ihre Gedanken wieder auf den Flüsterwald. Was hatten sie übersehen?

Kurzerhand beschloss sie, noch einmal zurückzukehren. Gerade jetzt am späten Nachmittag schliefen dort ja alle. Gleichzeitig war es draußen dunkel genug. Sie hatte einen eigenen Vorrat an Flüster- und Flugpulver. Lukas ging leider selbst beim dritten Versuch nicht an sein Telefon.

Ella rannte zum Haus Lamprecht, benutzte das Flugpulver und schwebte hinauf zu seinem Fenster. Sie öffnete die geheime Tür zum Dachboden und erreichte über die

Portalstanduhr das Baumhaus. Von dort blinzelte sie sich zum Blinzelbahnhof, in dem der Blinzelknoten mit der Verbindung zu den fernen Wäldern stand.

Hier hatte die Zauberin zum ersten Mal mit ihnen gesprochen. Es war das Abenteuer gewesen, das sie zu den Blinzelingenieuren geführt hatte. Damals waren einige Dinge schiefgelaufen und winzige Details setzten sich in Ellas Gehirn zusammen. Auch die Andeutung der Seherkatze vom Clan der Schneekatzen hatte sie nicht vergessen.

Ihr Blick richtete sich auf die Plattform. Instinktiv nutzte sie die Blinzelmagie des Meisterschlüssels, die in ihr wohnte, und tastete sich über die Grenzen des eigenen Flüsterwalds hinaus.

»Der Schatten des Felsens«, flüsterte sie.

Ein Gedanke entfaltete sich.

Doch bevor Ella ihm nachgehen konnte, öffnete sich die Blinzelbahnverbindung. Nebel wallte auf, eitrig und böse.

»Hallo, Ella!«, erklang die Stimme der Zauberin.

Sie wich zurück. »Du!«

»Wie praktisch, dass du gerade hier bist, da muss ich meine Katzen nicht losschicken, um dich zu holen. Ich dachte, wir unterhalten uns ein wenig.«

»Ich weiß jetzt, wo du bist!«

»Schlaues Mädchen, du hast das Rätsel gelöst. Das dachte ich mir bereits. Aber das nutzt euch gar nichts.«

Ella stemmte die Fäuste in die Hüften und funkelte den undurchdringlichen Nebel wütend an. »Wir haben den Meisterschlüssel zerstört, du kannst nicht mehr viel machen.«

»Ts, ts, ts.« Die Zauberin seufzte. »Und gerade dachte ich, dass du so schlau bist. Die Schöpfungsapparatur kann weiterhin Magie abzapfen und soll ich dir etwas sagen? Ihr habt es mir sogar noch leichter gemacht.«

Ella starrte den Nebel entsetzt an. War das ein Trick?

»Frag ruhig!«, gab sich die Zauberin großmütig.

»Das ist lächerlich! Wir haben dich aufgehalten.«

»Ihr habt die Magie des Meisterschlüssels nicht zerstört, nur den Schlüssel. Den braucht es jedoch nicht. Die Magie reicht. Und wo befindet sie sich?«

Ella runzelte die Stirn. »In mir. Aber ich werde dir niemals helfen!«

»Und was lässt dich glauben, dass ich auf deine Zustimmung warte?« Ein leises Lachen erklang. »Oh, Ella. Du wirst feststellen, dass ich ein Nein nicht akzeptiere. Und da ihr das Herz des Waldes gewarnt habt, muss ich meine Pläne jetzt beschleunigen.«

Der Sog kam abrupt.

Ella konnte spüren, wie sie in die Blinzelbahnverbindung gerissen wurde. Es war der Meisterschlüssel in ihr, die Blinzelmagie, die die Passage öffnete. Sie wollte es gar nicht, doch es passierte von allein – gegen ihren Willen. Die Zauberin hatte das Siegel um den Zielwald gesenkt.

Mit einem letzten Reflex versuchte Ella, sich festzuhalten. Doch es war zu spät. Sie reiste über die ferne Blinzelbahnverbindung. Mittlerweile hatte sie begriffen, zu welchem Ort es ging. Aber die anderen wussten es noch nicht.

Sie hatte mit niemandem gesprochen.

Keiner wusste, wo sie war. Und außer ihr konnte niemand die Blinzelbahn zu den fernen Wäldern öffnen.

Der Flüsterwald blieb hinter ihr zurück. Und das zufriedene Lachen der Zauberin klang Ella in den Ohren.

Dann wurde alles schwarz.

Ende

Wohin wurde Ella entführt?
Und werden die Freunde sie retten können?
Und welche emotionalen Tage stehen
Rani als Erstes bevor?

Das erfahrt ihr im dritten Band
der II. Flüsterwald-Staffel.

Weitere Informationen zur Reihe bekommt ihr unter:
www.flüsterwald.de

Andreas Suchanek

streifte als Kind über Abenteuerspielplätze und erschuf im Geist fantastische Welten.
Später wurden diese dann zu Papier gebracht. Er teilt die Schokoladensucht mit Rani.

www.andreassuchanek.de

© Timo Grubing

Timo Grubing,
geboren 1981, studierte Illustration an der FH Münster und lebt seit seinem Diplom 2007 wieder in seiner Geburtsstadt Bochum. Als freier Illustrator bebildert er Kinder- und Jugendbücher, Spiele und Comics und eigentlich alles, was ihm unter den Stift gerät. Dabei trinkt er Kaffee.

www.timogrubing.de
www.instagram.com/timogrubing_illustration/

FLÜSTERWALD

Die komplette erste Staffel auf einen Blick

Band 1
Das Abenteuer beginnt
ISBN 978-3-7641-5175-1

Band 2
Der verschollene Professor
ISBN 978-3-7641-5176-8

Band 3
Durch das Portal der Zeit
ISBN 978-3-7641-5212-3

Band 4
Der Schattenmeister erwacht
ISBN 978-3-7641-5222-2

Andreas Suchanek / Timo Grubing
je 256 Seiten, Hardcover
Ab 9 Jahren

ebook

www.ueberreuter.de
Folgt uns bei Facebook & Instagram